爱情时节

自然景观

光阴如梭

校园诗情

故里亲情

人生目标

散文诗追求的

是一种如水纯净 回归本真的美

是诗的精华 诗的极致

收割阳光

SHOU GE YANG GUANG

心远——著

SHOU GE YANG GUANG

光明日報 出版社

图书在版编目（CIP）数据

收割阳光 / 心远著 .-- 北京：光明日报出版社，2018.12

ISBN 978 - 7 - 5194 - 4805 - 9

Ⅰ.①收… Ⅱ.①心… Ⅲ.①散文诗—诗集—中国—当代 Ⅳ.① I227

中国版本图书馆 CIP 数据核字（2018）第 276363 号

收割阳光

SHOUGE YANGGUANG

著　者：心　远

责任编辑：章小可　　　　　　责任校对：赵鸣鸣
封面设计：中联学林　　　　　　责任印制：曹　净

出版发行：光明日报出版社
地　　址：北京市西城区永安路 106 号，100050
电　　话：010-67078251（咨询），63131930(邮购)
传　　真：010-67078227，67078255
网　　址：http://book.gmw.cn
E - mail：zhangxiaoke@gmw.cn
法律顾问：北京德恒律师事务所龚柳方律师，电话：010-67019571

印　　刷：三河市华东印刷有限公司
装　　订：三河市华东印刷有限公司
本书如有破损、缺页、装订错误，请与本社联系调换

开　　本：170mm×240mm
字　　数：202 千字　　　　　　印张：17
版　　次：2019 年 1 月第 1 版　　印次：2019 年 1 月第 1 次印刷
书　　号：ISBN 978 - 7 - 5194 - 4805 - 9

定　　价：58.00 元

序　言

如水的音乐美

早闻心远写诗为文，常半夜冥思佳句而忘睡，有人以"痴""傻"语之。的确，浮躁如斯，文不值钱，书少人阅，如此折磨自己，何苦？！但心远却甘如此，长期"痴心"未改。

近读心远的散文诗，才觉其心之"远"，难怪非常人能理解。原来，他的"痴""傻"，不求声名，只为写出的文字要对得起读者。

"路，就在自己的脚下，就在自己日夜不断前行的奋发中。这里，没有时间的尺度，没有年华的长短，没有资历的深浅，只有你前行的力度，你崛起的力量。"他的作品，"诗如其人，文似人品"，呈现音乐美和规范美。

诗歌，是与时间竞争的艺术，是一代代诗人长期文化修炼、终生精神探索的成果。自鲁迅先生撰写中国第一本散文诗作品《野草》，散文诗在中国的发展也有近百年的历史。它融合了诗的"音乐美"与散文"形散而神不散"的共性，更能让读者喜欢，读来温婉流畅，琅琅上口。"守望山村，夕晖泼洒一抹金灿灿的红缕衣，薄薄的，柔柔的。似出闺少女羞赧的双颊，又如清池碧水洇开的初红。房顶上，红孩儿金孩儿的光，正兴奋地追逐嬉戏，这天使般的精灵哪——她们身着红舞裙，翩翩在瓦楞上，摇曳在檐角下，又钻进窗缝里；甚至斜斜地，斜斜地躺在了哪家新婚粉红粉红的床絮上……"（《守望山村》），"如水的音乐美"如此鲜明。"日子，如一匹脱缰的野马，放任不羁地从眼前，从身后，从我一闭眼的瞬间，不停地奔放而过。也把我墙上的日历一页页掀翻，呈萧萧秋日里，叶落纷飞的一片片梧桐叶……"（《日子》），依然保持"如水的音乐美"。

作为一名小学语文高级教师和业余文学爱好者，心远讲究各种修辞手法的应用。"乐声呜咽，又流水如歌，从一个音阶滑向另一个音阶，像一泓涓涓的泉水，又似一阵阵飒飒秋风扫落叶般的，在一次次叩响命运之门……"（《流水的乐章》），他将多种修辞手法融汇一体，细细品之，一下子就听到了瞎子阿炳的二胡呜咽之声，乐曲的悠扬之美，以及阿炳悲苦潦倒的一生……"汽笛拉响的时候，你把名字种植在我日记的扉页。我那橄榄色的相思，便愈加青翠了……"（《江畔别情》），他用了"种植"，让"爱情"更根深蒂固，忠贞不移，尔后再用"愈加"，让爱的精神与思想进一步得到升华。

散文诗追求的是一种如水纯净、回归本真的美，是诗的精华，诗的极致。心远这部散文诗集给予我的感悟是深刻的，然而正如他所言，如果视野再开阔一些，定能采撷到更为广阔的题材进行散文诗创作。因此，期待心远的心更加远大，创作出更多、更好的散文诗。

珍夫
福建省作家协会会员
南靖县作家协会副主席

目　录
CONTENTS

人生目标

激流勇进

一

大浪淘沙，是生命成长的必经之路；勇夺先锋，是新潮惊涛骇浪中，考验一个人的最佳方式。命运中，所有悲壮之举，将在激流中应运而生；所有懦弱和卑微，也将遭受旋涡的吞噬与淹没；即便你最不愿逾越的江河险滩与悬崖绝壁，也将是考验你的一份人生试卷！

做一个劈波斩浪的急先锋，就要让生命做一次果敢的抉择：即使面临粉身碎骨的危险，也要为一个既定的目标奋勇直前，抢夺生命中的风口浪尖。这不仅仅事关自己的生存与发展，更是一个能否适应新时潮洪流的问题，因为时代的河流已不容许你停滞不前，它正一浪赶超一浪，汹涌着，日夜澎湃向前，再向前……

二

险滩与悬崖，是生命激流中难免要遇到的两大难题。搏击险滩，略显勇者雄姿；勇跃悬崖，方显英雄本色。在一个风起云涌、浪潮起伏的命运之河里，倘若你不是一匹逆风中疾飞的快马，又如何逾越无边无际的命运极限，叩问岁月的流沙？那样，你将被时代的激流所击退，所淘汰。

既然已跨入这道河，你就要做一个勇者的风范，做一次快意的抉择！让不速之巨浪，撞击你死寂的胸膛；用你宽阔的心扉，迎接所有的一切；并点燃你胸中那把不灭的巨火，照亮你所有前程之路。

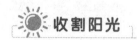

如此，在一次次激流中，不断超越众人，超越自己，如鞭长莫及的一匹拽也拽不住的快马，即便神速飞抵了草原边缘，也要高举两条高昂的腿，奋力的前蹄，再情不自禁地仰首嘶叫——迸发出一声声激人心魂的长鸣……

三

路，就在自己的脚下，就在自己日夜不断前行的奋发中。这里，没有时间的尺度，没有年华的长短，没有资历的深浅，只有你前行的力度，你崛起的力量。

当你把腾飞的愿望放飞高高的蓝天，并植入那片辽远的大海，你就有了蔚蓝的希望与碧蓝的前景。到那时，海阔天空就成为你心的世界，你就能如鹰般翱翔，像鲸似游弋。

与此同时，也要为自己，也为他人，做出一切无畏的牺牲，就是遇到所有的艰难险阻，奉献自己所有的一切，也在所不惜。助人，将是一个世界永恒的主题！于你我他之间，没有伟大与渺小之分，只有同呼吸共命运，并肩奋进的高尚！

四

哦，激流勇进，就是要在勇闯难关中，在生与死的较量中，不但要让生命挺身而出，成为狂风巨浪里叱咤风云的中流砥柱；而且要引领千军万马，引吭高歌，施展全部无私与无畏的情怀。如此，才能成为一个受人尊崇与爱戴典范；一个散发沁人馨香的人品君子；一个大智若愚的真正勇者！

目　标

一

锁定一个点，准星就不再偏移。

从开始的那一刻起，我们都把命运押在这一点上，成功与否？命悬一注！

就这样，选准一个目标，用信念点燃不灭的星火，声声唤起明日的希望，是许多人的共同追求。理想与目标，有人称之为"梦"，更有人称之为"幻想"；可我却认为——"梦"也罢，"幻想"也好，都代表着一个人的最高愿望，它或许与你的命运仅是一步之遥，一念之差。却是你生命中的一切，也是活着的全部意义和价值。

二

人，总不能生活在无所事事之中，所有明日复明日的蹉跎岁月，早已韶华不再，你有的是奋发和崛起，有的是用全部的热血，燃起青春里最火热的一把火，去照亮你前行的道路。

是的，年轻的心，总是如此激情，如此旺盛。似勃勃生机的春梢头，总有无数新枝、嫩叶与花蕾，争相夺艳。所以，芬芳与吐绿是春的主题，是夏的序曲，也是秋的先奏。

殊不知，所有的路都拒绝平坦，泥泞和坑坑洼洼在所难免，太阳也会悄悄隐没于乌云之后。在阴郁的天空下，我们只能与星星和月亮为伴，并

盼着能有阴云驱散，月圆天晴的那一天！

三

面对目标，面对失望，往往是一位思想者大智若愚、沉思默想的最佳机遇。因为——失望只是生活中一次伤切肌肤的真实经历；面对目标，心怀希冀，往往更能塑造一个强者的执着与风范！

所以，把握好人生目标，把握好生活的一刹那，就把握住了一个冰雪世界！即便前面是悬崖绝壁，是万丈深渊，是冰凌雪寒，只要你轻轻一摇曳，冬天便会过去了，春天还会远么？

如是冬临的雪梅，选准春的枝头，就不畏冷寂，凌寒独放，愈是风欺雪压，花开得愈精神，愈秀气。

四

失败并不可怕，可怕的是失败之后失却了前进的目标，一味地穷途喟叹。如一只落单的候鸟，茫然找不到自己翱翔的方向，又似一艘遗帆折舵的船儿，毫无目的地缥缈于汪洋大海，又如何去实现自己既定的人生目标？可见，失败不是失望，更不是绝望。调理好自己的心态，不必询问明日的阴与晴，目标就在前方！就在你遗失的航程里，以及重塑旗杆的风向中！

迢迢人生路，一经选准目标，就不要轻易放弃。哦，年轻的朋友，选准一个人生目标，以足下这块坚实土地，撑起一处美丽的家园吧！即便目标与泪水喜忧参半，笑声与苦叹不断，也要奋勇向前！因为"目标"只是一个点，不是人生的全部过程。

岁月断章

一

淡淡的月光，缕缕漂泊荡漾于我的窗户，郁悒的深思，便缀满秋日伤残的枝头。独坐生命鬓白的台阶，遥眺逝去的岁月，那双孤零零的眼睛，有几多清冷几多凄寒，但还是闪烁熠熠的光芒。她像寒冬里的一对火，又似迎雪绽放的一双蜡梅，时时燃放着我心的梦想，心的希冀。

一双足迹，仍遍布所有崎岖和坎坷，血渍和汗水题写的记忆还铭记心头。那青春树上的倒春寒，夜夜凛冽我刚吐露的蓓蕾，使我心灰意冷，泪雨涟涟；一场夏日里的冰雪，又夺去了我刚伸出的枝丫，让希望渺茫；半途夭折的希望树，根不生、芽不吐的，我不知路在何方……

如今，我只能像棵阳台上的吊脚兰，有蔚蓝的天空而无富足的土地，但为了明日的藤与叶，花和果，我还是坚守我的半尺方土，努力生长并茁壮着。而当夜深人静时，抚摸遍体鳞伤的身躯，为了赶超命运中的所有旅程，我正日日为生命注入新的生机。

深信，我的付出将会得到时间的回报！一如直走平坦的路，永远攀不上高峰；直随大流的人，永远成不了人杰！

二

在这月色弥漫的窗前，在这心灵的驿站，岁月的站台，我终于发现我年轻的梦还在那里！我奋斗不息的热情还在那里！我热泪吟咏的挚爱还在那里！不论如镰的时光，如何大把大把收拾我的年轮，我还将固守我年轻

时的信守和追求。点燃那把熊熊的诗情烈焰，为明天，也为后人，留下一页页一首首崭新的诗篇。哦，即便前方是大雪纷飞，冰封雪冻，如履薄冰，也要艰难前行！

重拾起青春里那份燃烧的激情，我正用心春驰——键盘上的一片片风景，题写昨日与今日美好的向往；用煮酒燃诗的心怡，不断临摹我人生的主题。

哦，永恒的爱，在于永恒的追求，这就是我生命中的一切！

三

于此岁月的残篇断简里，理想是我远航的目标，追求是我前行的动力。只有擦干昨日悲苦的泪涟，抚平往日心痛的伤痕，忘却所有伤痛的往事，才能一步一履地前行于今日与明日的所有旅程。

生命不息，奋斗不止。这是我信念的全部，也是我人生的里程碑。为每一处站台，都能留下清晰的足迹，我正艰难地跋涉；为每一次回眸，都能留下我往日的影子，我正日日题写所有如诗般的意象人生。也让记忆，恒留于岁月之中，成为永恒的壁挂，并长存于我的心间、我的脑海……

哦，当一个人心中有了目标和追求，有了理想和信念，阴霾就遮不住太阳，胆识就能铺平道路。为梦而生，为梦而死！这是我一生的追求，一生的向往，更是我一生的夙愿！

生命的花季

一

十八岁是生命的春天，是百花争艳的季节，是霞光飞彩的年华，只有叶茂与花繁，没有枯萎与凋零；十八岁，是人生树上一首隽永的小诗，半阕精致的宋词，只有美妙与动听，没有烦琐和无聊。

十八岁，她没有主题，只是茁壮成长；没有音节，只是不断清唱……

仰望辽阔的苍穹，细数闪闪烁烁的星辰。十八岁的心，如草原上奔放不羁的野马，为寻找春的足迹，夏的热情，秋的成熟，就是历尽几多艰难险阻，也要抵达——我们生命的绿洲，人生的大海！

静静躺在我们心的夜空，摘几颗璀璨的星辰，种上十八岁日记的扉页，让她葱茏成一片绿色的记忆，一处春的圣坛，一片夏的热情，再去等待——一片片浓绿的叶茂，殷殷的花开，以及秋后沉甸甸的硕果……

二

朝着金阳，用手采几缕七色的阳光，精心编织十八岁缤纷的梦想，再交付沉甸甸的未来吧。我们生命的春天，有许多亮丽的壁挂，多彩的主题，正等待我们去构思、去临摹、去题写……

十八岁的花季，是一次美丽的春播，是一次细心的耕耘。我们要用自己辛勤的双手，创造殷实的今日，开辟美好的明天，展现更加炫丽璀璨的未来。

十八岁的花季，是一次快乐的旅行，如是即将启程的一次人生远航，我们的心——就是我们的舵，就是我们前行的动力，也是我们前进的方向。向往辽远的大海，是我们的初衷，也是我们的心愿。

三

当你步入十八岁的年华，就意味着你已进入生命的春天，繁花似锦的岁月，你有的是燃情与动力，有的是昂然和生机……就是那火热的夏，丰硕秋也正于你生命的枝头遥遥召唤——召唤你的激情，你的力量，你的崛起。

这里，处处有我们旖旎的风光，秀丽的美景；这里，有我们最可爱的人儿，最动情的双眸。即便是一次浪漫的爱情故事，也有她美丽而丰富的主题……

于此创新的大熔炉里，于此潮涌的波浪中，青春就是最宝贵的财富，年华就是最亮丽的壁挂。时代的号角，在不断呼唤年轻的一辈，奋发地前行是乘风破浪、披荆斩棘的代名词，也只有高歌猛进，一往无前，才能取得人生的成就！

四

啊，年轻的朋友，请潇洒地挥挥手，告别昨日的驿站，步入十八岁新的征程吧。用满腔的热血，去接受阳光的洗礼，和风的沐浴，雨露的润泽。只要奋力前行，你生命沉甸甸的秋，便会颗粒满仓；殷红的硕果，也将挂满你的枝头。

朋友，请满怀坚定的信心，提起镐和铁锹，拿起锄和镰刀，紧握笔和钢枪，为我们十八岁生命的花季——献上一份浓郁的情，一腔炽热的爱！

孤　寂

一

一种情感的写真，沧桑了一段长长的记忆！

一种精神的升华，融入了无限的风景，并在天地间，久久流连……

数十多年的风风雨雨哪！多少个日没星隐，多少回花落成泥。我都清守孤寂的影子，于静静的长夜，与缪斯相守，和她对视，并悄悄诉说一段段心灵的对白。曾几回，于煮酒燃诗中，溶入我们真情的血液。看斑斑驳驳的湘妃竹，都哭瘦了泪眼，洒下了浓浓的血迹！于今，我们依然还是——相依相伴的一对可人儿。

二

回首人生，有半辈生涯于静寂中求得永生，在清冷的长夜里，一壶清茶，一根香烟，伴随我度过几多漫漫长夜。然而，这夜是我精神的托付，心灵的寓所。于我精心耕耘的方格间，有我燃情的激悦火花，有我灵感跳跃的音符，更有我诗情勃发的跃跃欲动。

这孤寂的时光，似加了黄连的咖啡酒，淡淡的、酸酸的、甜甜的，让你一下子就能品出其中的陈杂与相思之苦。从人生之旅的艰辛到思乡之苦的眷念；从往事回眸的思忆到今晨旭日的冉冉；从爱的相思到故友亲情的回忆。每一回，每一律，每一阕，都融入了我无尽的心血。如荷锄者的一亩三分地，我的辛勤劳作于我整洁的方格间，正日日题写我人生的主题，

人生的理想和奋斗目标。

三

孤寂的夜晚，也是灵魂现身的机会。白日里不敢说或不及说的话，在这夜深人静之时，你随时可以敞开心扉，与自己的灵魂对白，还可用笔，敲醒这更深夜阑的长夜，让失眠的月光汩汩流淌，让闪烁的星辉折射未来的希望……然后，再投入你的精心构思与遐想，让美丽的意境，充溢你的脑海。待朝日冉冉之时，霞光便布满你的所有方格间了。

抑或，寻找那美丽的黄昏，于孤寂中借着山道的弯弯曲曲，夕日的忽明忽暗，晚归的虫鸟还能抽动你的思绪，把那棵小树的婆娑，看成你昔日的情人；将寒泉孤寂而清凉的喧嚣，当作你对她的轻呼曼唤；再把岩石的不屈与高傲，溶入你对爱的忠贞和铮铮誓言！

四

孤寂——是一份难得的心物，她能让你静若处子，清似泉澈；又能让你以逸待劳，像鹰一样展开理想与信念的风帆或翅膀。因此，不是每个人想拥有就能得到。但她又是一份让人难以接受的东西，独守清闺，寂寞难熬，时时让你感到没有言谈的对象和目标。所以，你每时每刻都要有宽阔的胸襟和卓越的远识，需要有人生的目标和方向，才能接受并驾驭她。

哦，让孤寂成为我不息的步履和信念吧，我将用她于前行的路上，擦亮所有的满天繁星。

执　着

一

一粒种子沉埋泥土或依附于崖壁，需要挣扎出生命的根，去吮吸阳光和水分，并付出心血和力量，去抵御风霜与雪寒的侵袭，以及虫鸟与禽兽的蚕食。如此，才能勃勃生机或迎来硕果累累的金秋十月。

一涯小泉，涓涓流淌，她向往大江大河，向往无边无际的大海。为了实现这一目标，必须日夜汩汩流淌，不知要跨过多少峡，绕过多少湾……又要不停滔滔奔涌，逾越几多险滩与暗流……再付诸几多艰辛和努力后，才抵达无边无垠的大海。

足见，坚定的信念，永恒的追求，是执着奋进的基石。只有用执着的人生，执着的信念与追求，去构筑一道全新的风景线，才能实现人生旅途中最动人、最亮丽、最壮美的华彩乐章！

二

于此大千世界，有多少平凡的人走着同一条路。面对风雨崎岖，坎坷与黑暗，有人会因失败而悲苦泪涟，半途而返。而一些失败中的勇者，却于人生的天平，掂量出自身的分量，然后再精心筹划，重新启程，以无畏无惧的心态面对所有的艰难与险阻，最终取得成功。

所以，这些人总能不畏艰险，即便前方是悬崖峭壁，急流险滩，狂风暴雨，荆棘丛生，也会勇往直前，用自己平凡的生命，创造出人生不平凡

的奇迹！

然而，执着的追求，不是毫无目的，盲目地前行。机智果敢的谋篇布局，是抵达最终目标的关键，如是凌寒中独放的蜡梅，能预见春日的来临，朝阳的普照，以及春雨的沐浴。你的行程，于你的掌心间思量；你的执着，也于你的心胸精心谋划……

三

当你把自己美好的理想托付给脚下的这块圣洁的土地，远航的这艘小船，你所寄希望的金秋与风帆，就是你一面飘摇的旗帜——鲜明而夺目地照亮在你的前方、你人生与生命的未来。

航标就在前方，就在不断伸展的劈波斩浪里，那里正续写着一个个渐行渐远的终极目标。而脚下，再没有宿营地，没有落脚点，更没有你想停靠的码头。只有全身心地投入，以执着的心态，用全部的热血与激情拥抱希望，才能一步一履地前行，并创造出人生价值，生命的奇迹。

四

从开始到终结，都心存一片海蓝的世界，是你最高远的目标。因为——朝辉与夕日，月色和星晖，日夜在普照你的行程、你的心胸、你的执着和你的坚定！

哦，用自己的执着，去谱写美好壮丽的人生吧。深信你的付出，必将展现生命的辉煌，得到命运的认可。如是一枚种子，在阳光的普照下，换来一片丰硕的金秋；一株绿苗，在厚土的博爱中，葱茏成一棵参天大树！

人生影子

一

恍惚之间，墙上的挂历一片片飘零，钟表上的针尖一刻刻消失，我总感生命的秋天正日渐逼近，如是一树挂满殷红的枫叶，随着阵阵秋风的来临，正纷纷随风而去，只留伤痕累累的秃树枯枝。

哦，那旷远而幽深的破土呼唤哪里去了？那儿时梦里缤纷的画卷，是不是遗失在夜的哪一处角落？那夜夜幻想星星能在眸际发芽的小男孩，是不是已失却了美丽的童真和如画般的幻想？

虽然生命之树的殷实，挂满了累累的硕果，虽然每一片新叶也都勃发郁郁生机，可那微微颤抖的小手，又如何支撑这阵阵的秋风与秋雨？那牛背上的牧笛悠悠；原野里的彩蝶翩翩；以及——和风细雨中，阡陌间紫燕剪辑的绿色诗行呢？难道，难道她们都凝固在遥远岁月的壁挂上了吗？

年少几多彩色的梦想，青春几多富足的希望，都成了一纸空白，像一泉涓涓流淌的泉水，一心向往浩瀚的江河与蔚蓝的湖海。可还没抵达目的地，就半途折戟沉沙。那份美丽的希冀，如诗的幻想，也随秋风扫落叶般，不知遗失在昨日与今日间的哪一处夜深人静里……

二

蓦然回首，重拾起往日的铮铮誓言，才发现一路风雨，一路坎坷。在一座广袤的森林里，我数十年艰难跋涉着，狂风暴雨折朽了我梦幻的枝丫，却茁壮出一副强有力的臂膀；严寒酷暑摧枯了我天真的希冀，却练就

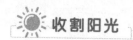

一身强悍而结实的筋骨！虽然险滩与绝壁，处处左右我前行的路子，可一副鹰的翅膀，却时时让我翱翔于辽远的长空……

面对正午灼热的骄阳，我发现我久久疏忽的影子才是真实的我！她坚贞、信守，又一如既往地，朝着远方而去！即便前方是壁立千仞的悬崖绝壁，是遍布荆棘与乱石的荒丘野壑，是滔滔奔涌的江河险滩，她总与我站在同一亭台，同一码头，同一坚实的土地，和整齐划一的起跑线！

三

我不清楚地平线那端是否大雪纷飞，艰难险阻是否重重。但生命的金秋，已呈想象派水墨画般——神奇、凝重、向往而升华。画上，有我人生的影子，呈并排燃烧的枫树，挺立在我生命的金秋。所以，我并不担心哪一天，大雪能漫过我的眼睛，我的头颅，我将为这意料中的来临，预支一把火热的心火！

生命河

一

一生所有的梦，均汇于生命河，谁也不知道最终漫溢的是汗水，还是淌着无尽的泪水？看如此的滔滔生命之河。

二

从年少注入涓涓细流的那一刻起，就一直向往——梦，能有大江大河般，甚而大海般的汹涌澎湃。即便是一种无常的梦，也希望日日能回味她的激情；希望哪一天能将这梦化为柴米油盐般的现实，并时时把她搂在怀里，再日进日出，一同朝出晚归，成为天真而快乐的遐想。

可这从大山走出来的小精灵，这绵羊般温柔体贴的心之神，于静静流淌间，有时也会反复无常地奔涌，甚而会冲垮堤岸，携走岩石，让你感受到她异乎寻常的凶悍和猛烈！那威力，足让心之弦断裂，以及一个完好的理想支离破碎！

三

然而，在梦与生命河之间，最终还是——水系着你的生命，你牵着河的灵魂。无论你走多远，奔涌得如何强悍，你还是走不出对生命河的信托。因为，融汇于河海，仍是你最终的目标和最终的归宿。

或许，这只是一种航道选择的不同，也是一种人生的过程。有人会走

许多弯路，有人会曲径通幽，有人会半途枯竭，做无谓的付出……

三

哦，锚走堤岸，心正起航；你的旗语，我的橹桨。就让眼前宽阔无垠的航程，来收罗前方狭窄弯曲的航道吧；让初升的朝阳，来诠释昨晚月亮与星星无法探寻的奥秘吧。如此，我们的心，便会敞开一扇永恒明亮的大门；我们的航程，也将一帆风顺；我们的生命河之旅，也将更加充满信心，满怀信誓，满怀涛声，并奔向滔滔汹涌的大海，最终实现我们的梦想……

瘦弱的小草

一

电闪雷鸣的时候，你挥舞着双臂，用一根根纤细的小手，于山花烂漫的山坡，遥遥向我呼唤，你以最柔嫩的春情，做一次次爱的召唤，一回回情的呼吁。那内里所独具的本能，只有到春暖花开之时，厚土情深之里，才能逐渐迸发出的一种能量，一种激情。

你的一摇一挥手间，时时传递许多喜悦与忧伤，时时在吟咏一曲柔情似水的歌，并日日把一片坚实的土地歌唱。同时，也把我心中点点三月的相思雨，挤出了眼帘，迷蒙在你珠帘泪落的叶片间。

掀开窗帘，近距离地静观你，品尝你。多少年了，是你如云的长发，似水的双眸，一次次又一回回，走进我的人生之旅，题写在我青春的画卷，为我疲倦的行程，抚去满脸的心伤，为我艰辛的旅途，唱响一路欢愉。

哦，如若不曾有你的春暖花开，我爱的家园，又何以如此缤纷灿烂；如若不曾有你的飞鸿点翅，我心的湖泊，又何以如此激滟动人？是你的千呼万唤，才勾起我对你无限的眷念；是你的深情呼唤，才燃起我对你的满腔热情。

二

你的一摇一挥手间，成了我一生中最美的佳人；你晨阳中的泪露，是我一生中最靓丽的伴侣。哦，若不是凄风苦雨和寒雪的无情伤残，你攀岩而立的身姿，定能秀过蜡梅的开放。

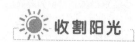

是的，你的温情，你的柔美，你的可爱，早成了我人生之河上，一叶叶美丽的心舟和一片片爱与情的风帆，她时时放行于我夜的大海，梦与醒的边缘，并停泊于我泪涟涟的枕边，诉说你甜甜的梦话，我滔滔的呓语。

我生命里的点点心伤，再躲不过你的千呼万唤，你的柔水情真，你飘摇的万千风情，以及——一竖竖潸潸泪千行样子，又何尝不是我所向往，我所默念的佳侣……

三

于此冰融花开的时节，也把我柔情的歌，唱响山谷，唱响遥遥的天宇。为你的孤寂，你的心伤，我再平仄一首盛唐葱茏的诗，吟咏半阕宋时苍翠的曲，并托风儿悄悄驮给你，我心爱的人哪——风雨飘摇中，那丛瘦弱的小草。

最是花儿含苞欲放之时，也是你吐绿的时候。我用心地迎候，你的姗姗到来，为一折美丽的故事题写序言。

就让我们相视着遥遥竖起，心中那面火红的旗帜，那面前行的风帆。为我们爱的生命之旅、情的岁月之途，再做一次新的远足，在这风雨飘摇的青春年华，去舒展我们的鹰翅人生吧！

人生与爱情

一

五月的石榴在高唱殷红的凯歌，梨结花落叶本无可厚非，可蜂飞蝶舞春的使者，却一时找不到花红的足迹，聆听不到花开的声音；就是一泉汩汩的吟响，也不知前往何方，只好顺流而下，寻找自己的归宿和落脚点。

从春到夏是一个漫漫的成熟过程；从涓涓的细水，到滔滔的江河，乃至我们心中的向往——无限波澜壮阔的大海，也是一个从纤细的舟桨到帆影，及至无边无垠的汹涌中，那勇敢而力量的舵手指南的过程。

生活的历练是如此，人生与爱情的成熟又何尝不是这样？

你把纤如春柳的手交与了我，就托与我一生和全部，我生命的肩与臂膀，不能永远只驻足于"画廊"中的青春岁月。虽然爱是我一生无法更改的美丽憧憬，但肩负与责任，更是我今生务必也一定要面临的人生主题！倘若不是如此，我们纤弱的舟桨，又何以划开滔滔的巨浪？倘若不是如此，我们年少井底之蛙的心胸，又如何面对涛涛的大海考验？倘若不是如此，于茫茫的人海中，又怎么去百舸争流，走出一处处自我与他人的困境？

二

生命的成熟在于理智的长高与长大，只要牢牢行驶在航线区内，把握好自己的人生准则，让生命的航船免于倾覆，漫漫的江河与汪洋的大海就是我们的蓝图，就是我们美丽的伊甸园。

但如何携手共进，这是我们应该考虑，也必须要考虑的一道难题，因为爱情也属于人生中的一大范畴！试想想：连生命与人生都落入无家可归的迷茫大海，抑或沉埋无底的心灵黑洞，哪还有什么爱与情存在？又如何实现和睦相处与共患难？那时所谓"爱的桃源"，也只能是冬日里的小阳春，再多的清歌丽唱，又有什么用？此时"爱的伊甸园"，也只能是灵魂稚嫩时期一曲"梦的呓语"？

三

是的，生命的华彩乐章，在于不断奋起，一分耕耘一分收获，只要你能时时付出你的汗水，梦总会成为你的现实。

在人生与爱情的天平上，往往也是均衡的对应关系，成功的人生，往往最能实现自己美丽的爱情。所以，不要为一束馨香的花儿，而放弃秋硕的殷实；不要为一泉涓涓的细水，而忘记大海的蔚蓝与辽阔；更不要贪婪一时的快乐，而忽视了人生的奋斗目标。

春天虽美丽，往往会让人陶醉其中；青春虽可爱，但如果不珍惜，不努力，也会让你遗失人生的大好时光。哦，走出你春的花繁时节吧，让我们一同去迎接夏的热情与秋的收获。这世界只有倒流的江河，没有倒流的时光！

心灵寓所

一

有人整日忙忙碌碌，家庭、地位、金钱，一应俱有，但还是感到缺了点什么，这种人生的无奈与心灵的空虚，恰似一只驮满金银的羊羔，迷失于无垠的广漠，辽远的沙滩，找不到希望的绿洲与闪亮的泉眼，听不到和谐话语，悦耳的笑声和美妙的歌声，艰难而孤寂！

最令人陶醉与神往的，莫过于有一处心灵的寓所，让自己的精神有所依托，孤寂的灵魂得到慰藉，思想的火花得到放射。这样，你就不会感到孤单与寂寞，不会感到无所事事。

斗室书屋，便是我最好的去处，它能使我的精神得到净化，灵魂得到洗涤，思想得到跳跃——并穿越历史与现实的时空，去和李白斟酒吟诗，和麦哲伦乘船周游世界。

二

人生的历程里，我曾四次拥有自己的"心灵寓所"。

首回，是在闽南某山区一所破陋的校舍，课余我阅读了大量中外优秀诗作，是我文学创作的开端。于此，发表了处女诗作《秋》，还参加了两届"鸭绿江文学创作函授培训中心"，《春笋》也被中心刊物所发表，并被评为"优秀学员"的荣誉称号。

其次，是在福建省龙溪师范学校就读时的一处"死角"。说它"死角"，

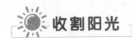

是因为此处是校园最为静谧、最为安僻的地方，除我之外，其他人从不想在这自习功课，且是"死角"，又没有路通过，所以也就成了我文学创作的最佳去处。我以破砖头为椅，膝帮盖为桌，且入夜，必有临窗灯光"无私奉献"。于此，我写下不少散文，诗歌。

再次，是我借调镇政府期间，我蜗居的六楼斗室，出门开窗，全城美景一览无余，面对星星点点的万家灯火，所有故事尽随风而至……白天下乡采访，等入夜时分，便开始了我的文学创作，精心耕耘我精神与灵魂的家园，那期间发表了不少的散文和诗作。

而今，我二十多平方米的学校书屋，又成了我最佳"心灵寓所"。每每课余或入夜时分，斗室书屋就成了我的去处，这里有我书架上"人类进步的阶梯"；有我"春驰键盘上辽阔的草原……"；更有我屏幕上一片"火红与蔚蓝的江山"。

三

题品重山归画卷，收罗风月入诗篇。虽然世间无须人人嚼墨爬格子，但灵魂不可空虚，斗室精神不可无，它能日日充实你的生活，实现你八小时以外的人生价值。

打开你心灵的寓所吧，让精神的废墟重新崛起；让思想的小鹿任意驰骋；让灵魂的小鸟雀跃起来，你的生活将不再寂寞，你的人生将会更加精彩，更加丰富！

汨罗情怀

——屈原（前339—前278）

一

五月，汨罗江水滔滔，在向谁呜咽？五月，华夏民族的悲歌，在向谁哭泣？五月，这原本是个殷红的季节，却细雨绵绵，泪落潸潸；五月，这原本是的温馨的时节，却江河翻腾，泥沙滚滚……

哦，那怀抱《离骚》的渔夫啊！只有一双靴子，一身破烂寒碜的衣衫。刚刚入汛的南国，却迎来阵阵无情的飓风，像把锋利的刀子，一笔一画地刻着老人脸上饱经风霜的沧桑，那一身破旧的寒衫，也随风而荡……昂首是狂猛的风暴，满天的乌云；俯首是凶猛的岩崖，狮子似的裂口；那滔滔的江水，也浩浩荡荡而去……他展开双臂，在向谁呐喊？喊天——天不应；喊地——地不灵。

——啊，所有的江河，都是苍天的泪眼，大地的伤口！

——啊，所有的江水，都是天空的血液，土地的泪露！

这位倔强的老人，有的是车马刀戟，有的是不屈不挠的骨子，有的是锋利的口舌；阿谀奉承与甜言蜜语，在他的脑海里早就失去了踪影，成了虚无缥缈的风，翻来覆去的云……可换来的，却是——日日满头的乌云；以及，眼前泪眼潸潸的江河水！就连腰间的三尺长铗，也锈成了禁锢！

二

就这样，一位孤独的老人，彳亍而行，他拖着一生最疲乏的身子，迈着深一脚浅一脚的悲凉。哦，一只苍凉的鹰，在他头上来回盘旋着，又不断俯冲向他悲泣，那声声啼血的悲唳，像是要挽一把老人的衣襟。老人昂首看了看，在这阴沉沉的南国上空，该哭的时候他却跪托三尺宝铗，笑了：一诵《九歌》——悲恸！二询《天问》——带血！！而且，笑得从来没有如此地开心，诵询也从来没有如此地畅怀！那惊天动地之势，那悲歌豪迈之举，令鬼哭狼嚎，江风也呜咽！就连江边的艾草啊，也在频频向他点头盈泪含笑！

他实在不忍哪，不忍回眸那一处遍布悲歌与血债的地方。那是一个什么样的地方？屡遭排挤，那可不是一件什么样好受的事情。此时他看到的，只是世上最博大无私的"水"，因为只有"水"——能包住火，还能包住鱼和大船，更能包容一切血泪和苦难。我们最早的诗人，最伟大的浪漫诗人哪——三闾大夫，就这样泾渭分明，怀石大义独清去了……

再不见那凄楚彷徨的风景；再不见那驱逐的滚滚黄尘；也再不见那灯红酒绿炉红的双眼。只是，这位老人苦苦求索一生的步履，最终还是回到了家门口。

三

啊，岁月像淤积的河道，所有俱下的泥沙，抬高了两千多年的河床。如今，每年的五月五，所有的网都在打捞一个个沉甸甸的传说，应声的锣鼓也会因此响起。然而，最遗憾的是——这位老人对天发出的一百七十多个问哪，至今谁也没能回答……

蓄道心远

——陶渊明（365—427）

一

多少岁月悄悄流失，却流失不了你东篱野菊盛开的诗句，南山悠然的闲适。归隐后，因心远而地自偏的大师啊，一腔豪放的胸怀，不断于此，吟咏句句千古绝唱！

有许多界限！我们终生都无法逾越。物我俱化，物我两忘，这本身就是一个圣洁的佛家言语与境地。但对常人而言，怕只有像五柳先生这样的大师，方可"结庐"而达到"心远"。

为此，我曾不止一次把梦中的茅庐结好，也陆陆续续在脑海点燃好多温柔的诗句，并备好两坛泪汪汪的相思酒，然后，等待我们神秘的东晋来客，夜深忽然造访。如此的夜晚，我们就能一番对饮唱吟，等村庄的鸟鸣穿透寒烟，鸡啼啄破云霞，再一同去观赏美丽的桃源盛景，然后去捕鱼同乐……

如此感人的场景，是要与大师一样惜菊如妻的纯洁秉性，又要有他"猛志固常在"的不屈品格方可实现的。

二

可不是，世俗的纷争与污浊，是历代文人墨客最不愿看到的，而"心远"，恰是你回避这一丑恶现实的屏障。人，是大自然的产物，皈依自然，

皈依山水，使大师获得了最自由、最恬静、最畅然的心态！自从有了"心远"，再烦躁的尘世，你也会达到"心宽"与"心乐"。

人生的诸多不幸，世上的诸多横流，便时常造就我有许多"归隐"的念头。"问君何能尔？心远地自偏"，看五柳先生归隐后一种得意舒心的体会，一种暗寓深透哲理的内涵。十多年前，仅那一句诗言，竟让我兴奋得彻夜难眠，一遍又一遍地诵读，一遍又一遍地体会，以致众多同龄和同学均"人才辈出"，或扛着"猎猎大旗"宏图大展之时，我仍蜗居山旮旯，过着我的"穷书匠"也不在乎！且以"心远"为笔名幻想能与陶氏同眠共枕，过上悠闲的田园诗海生活！

三

啊，时光荏苒，岁月的车轮都碾过了那么长的印痕，这"人境"还是一千多年前的人境，"车马喧"却比以前更浓更重了。哦，我只好，只好重拾起你昔日的破茅庐，在深秋野菊盛开的日子里，用你缤纷的诗句，装饰我伤恸的梦。尔后，静若处子，修身养性；再蓄道修德，耐心地等待大师哪一夜的盛情邀请；然后，我们饮酒同乐，畅谈一番……

流水的乐章

——听阿炳《二泉映月》

一

一弯瘦秋月悬在阴沉，清冷的夜空，浪迹街头的阿炳手持琴弦，犹如握住自己的命运正踽踽而行。那娓娓的余音既铭刻自己的辛酸与不屈，也跌宕着与世不公的愤怒和控诉！

乐声呜咽，又流水如歌，从一个音阶滑向另一个音阶，像一泓涓涓的泉水，又似一阵阵飒飒秋风扫落叶般的，在一次次叩响命运之门，并泛起无限的激情和悲恸。生命虽短暂而崎岖，但他坚信：希望和黎明就在脚下，就在不远的将来，就在那沉沉的余音缭绕里。

那深凹的双眼，注满两汪血泪清泉，所有的悲苦都写在脸上，所有的伤痛都郁积于心胸。面对这弯曲的世道，你却无法表达，无法诉说，只能用那把曲曲的弦响，咿咿呀呀地，点点滴滴地诉说。

看那躬身拉琴的身影，依然震撼出许多催人泪下的故事：旧社会的无情，导致你失去双眸，失去了心爱的人儿，以及你手中家传的至宝——一把二胡和一把琵琶；甚至被逐出了自己心爱的音乐家园"无锡城"。

一生孤旅的生涯，铸就了你波折的日日夜夜。为了生活与生存，你只好用如泉般的涓涓之鸣，来唤起众人的回响，让声声不绝的酸痛，留存世上，驻足人间。

在这秋水靛蓝的日子里，我独坐家中，细细品味你半个多世纪前风中月下吟哦的余韵，心中不觉荡漾起缕缕甜润与辛酸。甜润的是如此美妙的乐章竟出自一位民间歌手；辛酸的是阿炳的艰辛历程及乐曲中的酸涩点缀。而此乐曲妙就妙在——能将二者恰到好处地融合在了一起。如尝一瓣秋桔，有酸甜之感；啜一口冬酒，有温凉之味。其妙不可言，更堪极致！

二

透过先生的身影，我发现：苦难，也是一种财富！磨难是锻炼人的最佳机遇，是人走向现实与成熟的台阶！倘若不是悲苦伴随你的一生，你又何以创作出如此之多的美妙乐章，拉响如此动听悦耳的旋律？

循着先生二胡惆怅的哀鸣，沿着先生生命的足迹，我一步步走来，用我一腔炽热的心血，紧随你的脚步，并以舵手的智慧、勇敢和力量，与你的精神和灵魂并肩携进，并不断拉响我人生的二弦琴！以一首首优美动听的章节，一曲曲柔美和谐的生命律动，来一步步走完我漫漫的人生之旅。

哦，先生已渐行渐远，渐渐离开了我们的视线……但你的灵魂，将永驻我们的心田；你的精神，将永远活在我们的心间；你如水的乐章，还将回荡在所有知音者莹莹的泪光中，以及永恒的记忆里……

（【阿炳简介】阿炳（1893-1950），原名华彦钧，民间音乐家。江苏无锡人。因患眼疾而双目失明。他刻苦钻研，精益求精，并广泛吸取民间音乐曲调，一生共创作270多首民间乐曲。留存有二胡曲《二泉映月》《听松》《寒春风曲》和琵琶曲《大浪淘沙》《龙船》《昭君出塞》六首。）

故里亲情

守望山村

一

　　守望山村，夕晖泼洒一抹金灿灿的红缕衣，薄薄的，柔柔的。似出闺少女羞赧的双颊，又如清池碧水洇开的初红。房顶上，红孩儿金孩儿的光，正兴奋地追逐嬉戏，这天使般的精灵哪——她们身着红舞裙，翩翩在瓦楞上，摇曳在檐角下，又钻进窗缝里；甚至斜斜地，斜斜地躺在了哪家新婚粉红粉红的床絮上……

　　霞光一溜儿又一溜儿地徜徉在每家每户雪白的壁墙上，把光与彩绘就的一曲《黄昏之恋》，尽情抒发成山村最原始、最动人、最甜美的图腾！如是一幅幅精美的山水画，把山村昨天的故事与今日的情节，尽情抒发成淋漓尽致，百态万千的一幕幕！

　　看河畔的牛犊正嚼着鲜嫩嫩的小草，沐浴着缕缕金色的霞光，那可人的劲儿，如在骄阳中清浴一帘帘清澈泉水般，正兴奋而持续地哞哞直叫，也把河里的鱼虾全都唤醒了过来，直窜来窜去的。

　　瞧，南归的那只燕子，正叼着一团清香的淤泥，左瞧瞧，右看看的，在一座古老的檐下默默构思一个童话里的新巢……

二

　　守望山村，微风轻拂几缕暖暖的炊烟，既柔和，又很有韵致地袅袅升向苍穹。此时的大山成了一位鹤发老人，正捋着一把把长长的雪须白髯，

他以人间最慈爱最深情的眼神见证山村的剧变，那耳畔响起的悠长的天籁之音，不正是他最欣慰、最动听的感叹么？

就是那道弯弯曲曲的小河，也仍在不知疲倦，万水千山地跋涉。时时向往那片蔚蓝、浩瀚而辽远的大海，是她最终的选择，最终的愿望和最终的目标与归宿。

岁月悠悠，青山依旧，先民们创业的跫音依稀还在梦里，那被泪水浸湿的土地早已勃发生机。所有的故事和情节，都成熟在山民舒展的笑容和愉悦的眉宇间了；只有村旁的那泓小泉，仍在絮絮叨叨地诉说山村昨日的苦难与艰辛……

夜的帷幕即将拉下，那颗忽隐忽现的黄昏星，也似情人般的狡黠，悄悄把美丽的目光洒向人间，又像在向人们偷偷诉说夜的美丽与可爱。

哦，我不知道守在屋檐底下的父亲，与蹲在老树旁的爷爷会有什么两样？站在高岗上，守望山村，遥眺江河奔流的方向和夕日普照的地方，我正编织一副鹰的翅膀——以及，那片先辈从未搏击的长空！

父亲的稻影

一

伫立风中，白发像枯草一样叹息，臂膀似土地一般厚重。荒凉干涸的脸，折皱出太多太多苦难与艰辛。

如烟的声声召唤，依稀还在梦里。那偷采桑葚的娃娃，眨巴眨巴明净的双眼，不解父亲粗大的双手，能让种子发芽，却不能把拼音字母和汉字笔画，种成豆豆芽，或桑果子。

长大后，我和父亲站在同一屋檐下，面对淅沥的风雨，却无话可说，彼此干枯的眼神，似两把生锈的钥匙，怎么也打不开，两扇脱臼的心扉。或许，只有无言的期许与心灵的默契，才是父子最好的心遇和表达……

二

读着父亲佝偻的身影，像读一株秋日里压弯的稻草，默默无闻又沉甸甸的一生。奉献——成了他生命的唯一，也是最好的人生主题！

父亲的水田，长着稻子，也茁壮着我无穷的童年记忆。

梦里，老摇晃那八月金色的稻穗，我常见父亲站在金灿灿阳光下，深情地望着那一大片又一大片翻涌着的滚滚稻浪，然后与父亲一同走进水田，一同体验秋获开镰声响：唰唰，唰唰唰的……那阵阵兴奋与阵痛，也令土地乐开了花……

看那一阵南归的雁子，父亲站起身子，斜着腰板，远望南去的雁阵，

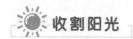

以及声声啼鸣，父亲笑着边捶了捶背……

哦，这又是一个难得的丰景年！

三

父亲就这样年年在这块土地上，抒写着他最深情、最得意、最能发自肺腑的动人诗篇！父亲的诗在渐渐拔节长高，我也在渐渐长大……梦中的我，也在渐渐成熟。可父亲日渐佝偻的身影，却于我心里日渐心酸起来——那枚朝日冉冉，又渐渐西斜；墙上的挂历在日日飘零；一口干瘪的老井再也喷不出泉来……

我的成长也意味着父亲衰老，如父亲的稻影，弯下了腰，就再也没有挺过身来，直至沉沉地躺入这块深情的土地……

四

啊，多想，多想父亲能像片永恒滞留我脑海的稻影，成一幅永不磨灭的记忆。

而今，父亲的水田，已和他一同没入了历史，深深沉入了我那部厚重的史册，并重叠成一部现代生活的写真！取而代之的是——一口口池塘和一幢幢高楼，我不知道这是一种进步，还是一种倒退。

好在，好在父亲那最后被压弯的身子，以及稻穗般沉沉倒下影子……总能在我记忆的泪花里，孕育出许多诗歌的种子！

小城景致

一

拐过大桥，沿河堤驱车前行，一股浓浓的春意便扑面而来：红花紫荆刚吐出点点粉红的花蕊；杨槐就已绽开紫中泛黄又泛白的花瓣儿；相思树也不示弱，枝丫上托出排排相衬有序的细叶，梢头又缀满簇簇鲜红的花骨朵儿……一阵微风吹过，枝头上红的、黄的、紫的、白的……争相斗艳，姹紫嫣红，随风摇曳。人行道上，虽没有"秋风生渭水，落叶满长安"那般诗意，却也零零落落，纷纷扬扬，蔚为赏观！

这便是故乡小城江滨大道的一处景致！

二

沿河岸逆行而上，大道左侧两公里有余的江滨公园。每逢节假日，这里游人如织，络绎不绝，或赏花阅树，或休闲娱乐，或健体强身。绿树丛中，繁花掩映，曲径通幽，石阶起伏，不时传来欢声笑语，有老少相携，有群童嬉闹，更有临江打漂的少男少女，或面水偎依而坐的情侣佳偶……对于当地百姓而言，这里虽谈不上名胜古迹，奇观异景，却也是人们工作或学习之余的休闲养息之地。

驻足堤岸，遥望苍穹，白云悠悠，紫燕三三两两，正剪辑绿色的诗行；环顾小城，绿树葱茏，高楼栉比，如是一阕阕错落有致的小令。城南建有蓄水、防洪与发电功能的拦河大坝。高坝平地起，浅滩出平湖。那原

本与大道相连，乱石纵横的川坝子，如今也成了秀丽的湖心小岛——小城最亮丽的文化中心！而城北连接月眉与江滨两大公园的步行桥，更似一座缥缈的"天河"桥。这里行人频频，来往穿行，如是闹市，更像繁华商场。

三

公园里，最多的还是花草树木，各种各样的花争奇斗艳，争相开放，如是一帧帧彩色的画卷，又似千变万化的多彩荧屏；而绿草丛中形态各异，万千风情的树木，也都你争我夺的，纷纷吐绿，给大自然，给春天，增添了不少春意盎然的色彩……

这时，河面上数艘游艇，来来回回，不断激起层层浪花，偶尔一回旋，更腾起一番无穷乐趣在其中。那当儿，笑声与欢呼声不绝于耳，也把岸上游人的目光，游人的心思，全都吸引了过去……

公园的外围是一条直通世遗土楼的宽畅大道，这里每天都有数以千计中外游客从这里经过，前往土楼览奇观光。

四

是啊，小城在渐渐长大，她从一个面黄肌瘦，稚气可爱的小村姑，慢慢长成了一位亭亭玉立，端庄妩媚的少女。她的成长得益于故里的经济腾飞和人们思想观念的改变，故乡天翻地覆的巨变，是数十年前所无法比拟的。

"城在花锦上，市在园林中"——这便是故乡小城这些年来迅猛发展的真实写照！

筑　路

一

掘土机挥舞着巨臂，大口大口咀嚼泥土的清馨，引擎雄劲的轰鸣，强烈震撼着《中国地图》的一端，也把故乡这块小土地轰得直哆嗦，直颤抖。

多少迂曲狭窄的血管，已载不动母亲奔腾的血液；坎坷不平的小道，再承受不住万千车轮的来回碾压；我们再不能做井底之蛙，我们要做时代的主人。走出去，请进来，已成大家的共识，众人的愿望。

为了我们，也为了下一代，请用镐刨开金色的黎明，用锤敲击闪烁的星星吧，我们肩负着比前辈更崇高的使命！比前人更神圣的职责！只有翻开这崭新的扉页，我们才可读到更多动人的故事，品到更多动情的诗，才能侃侃而欢地诉说今日与昨日的不同。

二

路，就在脚下，就在我们的前方。然而，现实与梦想的距离，让我们无法实现既定的理想和目标。只有拓宽我们前进的路子，盘活我们的理想，才能一帆风顺地前行，并迅速抵达对岸，实现我们的最终理想和最终目标。

众人拾柴火焰高。如今我们还有什么理由徘徊花前月下？还有什么理由停滞不前？还有什么理由做着苟且偷安的事？艰苦创业，已成全民的共识；发愤图强，更成世纪的代名词！在这世纪之初，你还在犹豫与踌躇什

么呢？就让钢钎和铁锹，让锄头与肩膀，扣响这沉默数千年的大山吧。

三

众人高喊着号子，挥舞着双臂，扛着巨石……所有的一切，正写意着一幅热血沸腾，汗水淋漓而又色彩分明的工笔画，那可是一幅只有蓝天下才具有的一场最真实的写生图！

那崛起的一条条崭新大道，正日益使千年古寨旧貌换新颜；百姓心头的幸福之根，也绽放成脸上的喜悦之花……

是的，就是这一条条腾飞的巨龙，在群山间蜿蜒盘旋，在楼群里来回穿梭，在山村田野不断迂回。每一条，都在向人们昭示着一个崭新的蓝图，一个新时代的到来。

四

有了这一条条时代的宠儿，我们就不愁找不到发展的机遇。在筑路与先行的砝码上，前者永是一个最基本的等码，如是鸟儿的飞行，必有一副翱翔的翅膀；船儿的航行，定要舵的引航与桨的划动……

哦，让青春的砝码，重新回到人民的天平；让生命的律动，再次汇入长江黄河奔涌的脉搏。只要我们的汗水与睿智，能在新的地平线上，绽出瑰丽的奇葩，哪怕洒尽最后一颗汗，流尽最后一滴血，也是我们的信念，我们的追求！

思乡曲

一

风送一叶恋乡的鸽羽，总也载托不了我思乡的愁绪。我只好，只好托付远归云霓，遥遥寄去我相思的祝福和怀念。

在这深秋的时节，是落叶纷飞拥抱大地母亲的缤纷日子。我饮月的窗口，望穿了唐时的明月宋时的关，那归心似箭的游子啊，怎么也看不见哪一枚星辰，能闪烁我的心路旅程？我只好让那一轮明晃晃的乡愁，喂胖我无尽的相思。

徘徊在这无边无际望乡的心海，也不知哪里是岸哪儿是码头？只晓得游子般漂泊的岁月，仍随风与波浪起伏……那么，我只好，只好用手中的笔，摇一把心橹，向着故乡的方向，不断远航、远航……

二

那柳梢头的蝉正歌着一曲思乡的小调；蛇也已回归了家园，盘起冬眠的暖窝；只有蚂蚁还在不停地痛哭着，痛哭那失去的美丽乐园……

最是满树殷红的枫叶，正泣着满腔火红而炽热的心血，对那份厚土情深的怀念，也把往日满枝叶的心思放飞，并回归根的怀抱，去滋养这块情深深的故土。就是那南归的燕子，也在岩缝，在枝头，在檐角，叼着一团团清香淤泥，默默构思一个个美丽的新巢。

三

看着快乐返乡的民工，几多灿然的笑脸，总是那样亲切而熟悉，那样热忱又可爱。对他们来说，这城市只是他们暂时的客地，故乡——才是他们永恒的居所！而我，却不能像他们一样，背着行囊，灿然成一张美丽而心喜的旧船票……

故乡哪，无论何时何地，无论我走到哪里？你总似一位怀抱竖琴端庄秀丽的少女，天天让我魂牵梦萦；又像一位和蔼可亲的慈祥老人，时时让我念想，并记挂心头，怎么也无法忘怀，无法抹去。

四

啊，故乡，我走了这么多年了，额纹深如沟，青丝也都成了银发，可怎么也总走不出对故乡的思念和对故土的遥盼。故乡，她像杯醇醇的烈酒，早已深深醉透了我的心；又似一轮高高的圆月，总记挂我心的夜空，明亮我夜夜梦的家园，梦的怀抱，怎么也无法忘怀。

——就是那满天的繁星，也夜夜向我眨巴着眼睛，点点豆豆又恍恍惚惚的，向我直召唤。

这漫漫的乡思路啊，就在我的脚下，就在我望乡心切的梦里，就是枕边那滴滴清澈的泪花，也闪烁着对故里的朵朵情深，再无法抹去，无法晾干。

啊，心牵着魂，魂系着心哪！都源自你哦——我的故乡！

故　乡

一

无论我走到哪里，你始终在我的脑海里，在我的心里，不离不弃。

每每提起你的名字，你的一草一木，我的心顿时贪婪起来，似要把你每一帧影像，每一声乡音，都融入我的心坎，成一幅幅心的壁挂。

每当忆及你的倩影，我的每根神经总跌宕起伏，毫无顾忌地拉扯你往日的衣衫——我老榕树下荡秋千的岁月，小河畔摸鱼虾的时光……

二

鹅卵石的小巷连连绵绵，逶逶迤迤，铺成了故乡经年不衰的美誉。延伸着一代代从朝霞到晚红，从阳春到暮冬的生命旅程。

是哪家的媳妇路过这长长的巷道，也种下咯咯的笑声？轻轻拨开记忆里柔柔的窗帘，我细细一瞧：哦，是美丽的春姑娘，把风儿的手拉扯了进来。也让欢天喜地的娃娃们，赤脚噼里啪啦敲打不知愁的滋味。而荷锄躬耕的老伯，也开始了朝日里的春播……

紫燕飞过故里的天空，剪辑着一行行美丽的诗篇。春播的喜悦，也在播种希望，播种明天。为了丰硕的金秋，就连汪汪的小狗也跑来帮大忙。

三

待到雨打芭蕉的空闲时节，也是禾苗青青的时候。这时，是故乡人一

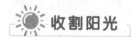

卷香烟，一泡清茶把话聊的最佳时辰。一旁是庄稼拔节的声响，一旁是秋镰美丽的话题。

而外出的少壮，也让老宅变了模样，就是村里的小道也长得疯狂。再多的钢筋和水泥也一时养育不了故乡的变化。

啊，在融融的月光下，就着一湖春水，我对月梳妆，才发现星星点点鬓白的华发，早夺去了我青春的容颜。而故里，成了一江倒流的春水，夜夜年轻在了我的眼前——我无法抹去的思念里……

故乡情结

一

每每明镜悲白发的时候，我总怅望那轮遥遥的明月。思乡的情结，便缕缕郁结满腹的心胸，怎么也化解不了。

同是一轮明月，归乡的日子，是满目的清辉，让人神清气爽，心旷神怡；客地的夜里，却成了满地的乡愁，使人无精打采，心烦意乱。多少理也理不清的头绪，总在星星点点的发间，沟沟坎坎的额纹里孕育而出。

同是故里那条涓涓清澈的小河，到了这里，就成了滔滔浑浊的江水。是时空的变化莫测，还是我的自作多情？然而，同一双目光，红领巾的岁月已不再了，同一双脚趾，小木屐的日子也已成了历史，这可是不容置疑的事实！

二

故乡哪，你古朴的平房还在，我红花小雨伞的岁月哪里去了？你葱茏的老榕树仍是那么高大，那么郁郁葱葱，我浪漫轻狂的小野马，又遗失在了何方？

日日又夜夜，都盼着江河的倒流，时光的回返，好让我心的一叶小舟，能顺风顺水重返故里的码头。如日日聚焦大观园般，不断再题写——儿时娃娃们的红楼美梦。

所以，我总盼望哪一天，能让我早早回归故里，再一次亲吻那块芬芳

的热土，再一次饱览那片绿油油的田园，也让叶落归根的情，早早安息那块熟悉的土地。

三

而今，面对满目的月辉，满地的苍凉，满腹的愁绪。多想，多想有声熟悉的乡音，于不知不觉间从背后传来，并直呼我儿时甜甜的乳名，再道一声美丽的纯真。然而，无论我怎么回转身子来，还是满地的乡愁和满目的无奈。

为一折美丽动人的故事，一曲优美动听的歌，我就这样一直在这里等待着，等待着……

我深信，只有故乡的雨，才能滋润我的心田；只有故乡的阳光，才能熨平我沧桑折皱的心田；也只有故乡那块温馨的热土，才能化解——我郁结心胸长长久久的情结。

故乡的山野

一

重返童年放牧的山头，仿佛置身翠色欲流，绿波汹涌的孤岛。阵阵林涛之中，不乏啁啾几多悦耳的鸟鸣，更令人心旷神怡的，还是幽林深处轻飘而来的，水灵灵而清鲜的风，时时让你感受到大自然像一页页崭新而隽永的诗笺，更似一位位羞赧而颜开的处女，总是那么鲜丽，那么可爱。

二

看绿叶上一滴滴晨露正滴答而下，是那么稚气又可爱的；就是松尖上点点晶莹的泪露，也让低垂的松丫，饱饮这大自然的几多深情与厚爱；而小草野花却高昂着头，为迎接这美丽的馈赠，在风中热烈欢呼，尽情歌唱。

那几只温顺的牛犊，也把这郁郁葱葱的山坡，将那翠绿葱茏的草地当成自己的大舞台，一番饱餐之后，就在那细声哞哞地唱着歌，并欢快地舞着细碎的步子……

啊，故里的山野——我心爱的小可人儿，你不得不让我小心翼翼地踮着小脚丫，我生怕，生怕一不小心就惊醒你美好的晨梦。

三

故乡的山野是如此辽远浑厚，有着厚壮结实的身躯。放眼看去，层层黛青色的山峦连绵起伏，走马扬鬃，她宛若唐寅的工笔山水画，一笔一画都是那么诗意，又如此生情，似《八骏》蹄下绿染一方古老的沃土，随时能让你想象万马齐奔于那绿染无垠的草原，是怎样的一种场景；倘若再昂首望去，五虎傲雄中，挥就的也是一帧风情独运的山水，更是让人心旷神怡；俯视那条弯弯曲曲的九龙西溪，从博平崇山峻岭逶迤而来，又这样歌着轻拂而去……

三月，蒙蒙的桃花雨，使故乡山更俊、更丽、更迷人……这时节，故乡年轻人总喜在山野互对山歌，所以也是少男少女们收割爱情的最佳季候。

故里的山野，让故乡人享受着许多醉人的野趣。山里除了有许多猎物外，还有许多野果、野菜、野山芋，就是那深沟沟里也长满了许多数米高的野茶……在那饥馑的岁月里，这些不仅四处可见，并且是最好的无价之宝，就是如今也是强身健体的最佳补品。

四

远离都市，重返故乡的山野，支开心灵的窗户，放眼看去，让心如一叶放流的小舟，顺风顺水，再沿着时光的河道，我总能找到我童年欢欣雀跃的身影，寻见那童真美妙的歌声：山坡上采花摘趣；牛背上牧笛悠悠；原野里逐蝶翩翩……哦，这往日的美景，于今睹物怀情，如是昨日般，仍历历在目。

故乡是杯酒，故乡的山野便是沉淀酒中浓浓的垢。它常于我梦中，狼毒了我一颗游子的心；也常惹起我花发年华里，落叶纷纷，泪珠晶莹；更常唤醒我心头那块沉睡许久的土地，让诗的种子落地为根，破土发芽……

细　雨

一

莫非，莫非谁又在窗外，轻吟一首唐诗或半阕宋词。悦耳清脆的音响，缭绕在似醒非醒的梦中……

如此佳丽的时辰——让人心醉。

如此美妙的旋律——令人锁魂。

如此悦耳的音响——使人向往

……

哦，是那点点滴滴清脆的声响，如远古的钟声，自天籁而来，又虚无缥缈，总让人有种得而复失，又想去追寻的感觉。那似有似无的感觉，那似醒非梦的遥远，总让我一时找不到她的源头，以及她的根基。

二

悄悄拨开窗帘。不料，又漫进满屋子迷蒙的烟雾，和几许淡淡的曙色。霞光中的雨露，色彩纷呈，缕缕淡淡的朝阳，折射出五彩缤纷的色彩，像稚童一口口吹出的泡沫，四处闪射，又马上消失……

院子里的喜鹊正挑着身上的羽毛，在柳梢头轻歌曼舞，叽叽喳喳地叫着，并引来几只小狗汪汪叫个不停；门前的公鸡也飞舞着翅膀，喔喔直叫……

远处，老牛的声声哞叫，用根长长的尾巴，轻甩身上的泥水，它正亲吻一把熟悉的犁杖，那把它终身最为亲密的伴侣，为即将翻开土地崭新的

一页，为来日的春播，夏长与秋获，打下最新颖的伏笔。

可不是，昨夜那场细雨，可是新娘既激情，又伤心的泪？盼着早早与心上人相聚相拥，却又要别离那份暖暖的亲情，那份家的温馨与情的源远流长。如今，面临爱的温情与离别的苦痛，怎不让她满腹喜悦又揪心呢？

三

啊，春雨——这美丽的清客，于大自然的舞台里，唱响人间的大绝景，我很幸运成了她的一名小小观众。

哦，雨滴、雨滴……

昨夜一场细雨，让我从梦中醒来，醒来又悄悄打湿了我的枕边长长的乡思与乡恋……

走近乡间

一

走近乡间，走近阡陌，就走进了一个如诗如画的世界。我久违的故里情愫，又开始闻到了泥土的清馨。

金阳斜斜的，细细的，柔柔的，把秋日里的原野，镀成了一张金色的地毯，从坡上直挂到山涧。我殷红的憧憬，也随金黄的稻穗，在渐渐成熟。

多少年了，总难以忘怀故里的一山一水，一草一木。如今，我苇絮落地的心愿也终于实现了，我还有什么远远的故里乡愁可诉说的呢？

二

走近乡间，看成群的雁南飞从头上滑过，再穿过缕缕白云。有种莫名的怀想，即瞬息涌上心头，泅湿了我的双眸——半辈坎坎坷坷的候鸟迁徙，最终还是叶落归根于故土。啊，有一种感慨，有一种怀想，总时时在脑海翻涌……

此时，一支短笛，惊动了一捧对水梳妆的花儿。可好，于我转身的刹那间，老牛的哞叫，正和着笛声的清脆悦耳，即刻把我拉回遥遥的童年时光：于那遍布苦难与饥馑的岁月，我们的日子虽一贫如洗，但童真的快乐总依然如此泛红着。无忧无虑的我们童心小世界，就是采一缕微风，也能折成未来遥遥的梦想。更何况，还有我们翱翔蓝天的一副副美丽翅膀。

三

走近乡间，如水的月光淡淡的，又是星月交辉的夜晚。一时把整个山村都笼罩在乳白色的婚纱里了。虽是个秋忙时节，可夜晚的农家是宁静的。这时与乡亲们泡壶热茶，轻轻呷一口，再笑呵呵地磨亮那弯新月，一镰一镰地收割日子里最新鲜，最难忘的话题，那甭提有多惬意，多快乐。

随着日子的火红，如今山村的夜生活也渐渐发生了变化。不但与城里一样家家都用网络跟世界有了联系，就是妇女们也扭起了健美的歌舞。瞧，就狗娃娃也忙着赶来凑热闹，汪汪着摇起了可爱的小尾巴……

走近乡间，就走进了一个全新的世界。村口道旁的朵朵微笑，那是时代的风，燃放在人们脸上的——最盛情、最热烈、最纯净的花儿。

走近故土

一

每到秋凉时节，心总挂向那轮圆月，遥遥的怀想，也总系上眉梢，在渐渐把远方的亲人思念。甚而，总默念起童年的一道道光与影，如一座时光的列车，在恍惚之间就穿越厚厚的世纪之墙，回到我日日欢歌笑语的孩提时代，去逐日彩蝶翩翩，翔鸟采花飞舞……

近了，近了，那儿时亲切的呼唤仍萦绕耳际，牧童时的光与影，仍恍惚在眼前，就是那琅琅的书声，也不绝于耳。

二

从孩提扎根的那颗乡音乡情的种子开始，最让我刻骨铭心的，竟是年年岁岁仰首眺望那南归的大雁。如今，那列成大写"人"字的雁群，年年都携去了我思乡的心切，却带不走我泪眼的双眸，也令浮云沉思为礁石，惹起秋叶纷纷，缀不成一阕伤心曲。

风送的乡情乡恋，总夜夜挂满我梦的枝丫，缀成我的思乡果。可就是无法采撷成殷红的秋硕。望乡兴叹的我，只好夜夜把你精心喂养在相思的港湾，梦的汪洋大海。

故里桑梓的厚土情深，早在我沉沉的梦里生根发芽，就是再多的烦琐，也无法排除我对故乡的怀念。打着算盘捻着绳结，我悄悄过我的日子，是因为心怀一份浓浓的——故乡情结。啊，故乡，多少年华，多少日夜，我在你的乡恋之外，你在我的乡思之中。

三

风水轮流转，墙上的日历换了又换。几多岁月匆匆过，青丝都成了满头华发，眼前的景色依是如此苍翠，如此令人神往。群山焕发着勃勃生机，原野葱茏芬芳。只有阳光仍吮吸着漂泊者的双眼，浪际者的心海，多少乡愁乡恋一下子就呼之欲出，就是找不到可让我相拥相恋的那份情深深。而今，泪水与激情都渗入了这片生长赞歌的泥土，那遥迢的旅途也一下子变得轻松而快活了。

四

走近故土，就是走近了一个忘情的季节，时光回流，成了最美好的记忆。老榕树下荡秋千的嬉闹声；小溪畔拍水鱼跃的欢笑声；以及山坡上映山红点亮的半边天……所有的这一切，都沉凝在那首《牧童》的古老山歌里了。

走近故土，乡音乡情依旧，依是如此亲切动人，似一杯温润可口的山茶，带着浓浓甘甜的清香和沁人心脾的馨馥。啊，这里的风，清鲜鲜；这里的河，水灵灵；这里的人，更有一种久遇故人般，情切切，意绵绵的——

走近故土，就是走进了一个梦的家园，情的世界。哼一曲随意的小调，让一缕缕清淡的诗情渐渐飘逸而来，也让思想享受一回简洁的精神诗篇。如今，那首根植于乡愁的诗，那阕封冻于恋乡的曲，便如歌般拔节生长，并枝繁叶茂，郁郁葱葱……

啊，走近故土，就走近一个崭新而怀旧的世界，挽一把岁月的纱巾，去涤亮思念的凡尘吧。

故里童真

一

走近了一个忘情的季节，走近那童稚天真，浪漫无邪的时光，日子就像一幅幅彩色的画卷：有村旁的追逐嬉戏；有河畔的欢歌笑语；有满坡映山红的笑逐颜开……所有的这一切，都沉沉凝在那首古老的山歌里了。

再拾不起，老榕树下荡秋千的岁月；再拾不起，山沟沟捉泥鳅的年华；再拾不起，秋日里掏鸟窝的日子。沧桑不老岁月老，而今青丝都成了银发，童真的笑颜也只在记忆的回眸里一晃即逝，就是那欢歌雀跃的情影，也只能在校园里频频重叠，屡屡再现。然而，又哪真能嵌得上真实的自己？

二

我美丽而快乐的童真岁月哪，就这样一闪即逝，我还来不及选择停靠的驿站，她就从我青春的站台一晃而过，并匆匆消失于遥遥时空，遥远的故乡……

我还能说些什么呢？是时光的匆忙，还是我的疏忽；是日子的快速，还是我的大意；是年轮的长大，还是我记忆的幽深……我总感生命的秋天正日渐逼近，如枫梢头殷殷的树叶，在秋风秋雨里，期盼有落叶归根的那一刻。因此，对故乡的眷念，对故土的怀想也就顺理成章地成了我梦中的期盼。

三

多少年过去了，再无法忘怀，故里桑梓的一山一水，一草一木。如今，总日日有思念的风帆，挂满我恋乡的心切；夜夜有翘首以盼的思念，在把遥遥的亲情呼唤。故乡哪，你就像一枚有影没形的无花果，无时不挂在我的眼前——只可默恋，不可采摘；只可鉴赏，不可品尝。如此既酸涩又甜美的吸引，总让我夜夜于梦里背起行囊，紧赶我一程又一程的归乡路。

啊，如此的望乡，都望成了日日的期盼与夜夜的思念。那一簇簇归心似箭的心切，总日日爬上我的案头，于我的笔墨纸砚间，不住地来回诉说；又总夜夜于我的枕边，我的梦里，四处游荡……成一折折美丽的故事，演绎无穷无尽的思乡曲。

四

故乡哪，隔着时空的距离，我悄悄，悄悄把那只心鸽放飞。期待那轮传情的明月，能风送我恋乡的心切，让故里的山山水水，能读懂我那份厚重的心思，也让故乡的那条小溪，那口井，复制一帧帧——我童年完美的照片。再让风儿，传递给我。

故里的厚土情深，是如此的令人留念；故里的乡音乡情，是如此让人遐想。为把记忆中故乡的轮廓细细珍藏心中，我夜夜都于心头，用两行酸涩的清泪悄悄临摹：一行是亲切的乡音，一行是动人的乡情……

啊，故乡是一首歌，她日日唱着我心中一首连绵的曲；故乡是一阕小令，她天天吟咏我梦中无尽的思念。

故里情

一

当紫燕斜掠过我的窗台，并衔来一团清香的淤泥，在檐下默默构思一个新巢的那当儿。我那份浓浓的恋乡情，便愈发地苍翠，愈发地纯香了，呈一丛丛郁郁葱葱的春草，葱茏在我的心里，淹湿在我的眉眸间。

遥遥的故里桑梓哪，像一坛沉埋地底下——百年纯香浓烈的老酒。这里，有我马背上的牧笛悠悠；有我小河畔快乐的小泥鳅；就是荒野里，老榕树下，也有我们翩翩的小秋千……每每夜深人静时，悄悄一回眸，往日里快乐的影子，便浮现在眼前，留守在梦中。故乡，早成了我心的一块圣地，思恋的一处净土。

二

如果说，春梢是为了绿叶，绿叶是为了秋硕。而面对沉甸甸的秋与殷红的秋叶，那么叶落归根，本是一种自然现象，一种自然的向往。如小鸟憧憬蔚蓝的苍穹；江河奔往波澜壮阔的大海。故土，也成了游子热恋一处温馨的家园，一方愉悦的乐土。

多少绵绵的寸草心，仍藏在心里；多少遥遥的故里情，仍无法释怀。就是把所有的梦里天真，全都清除出去，也无法忘怀你细致的轮廓：那走马扬鬃连绵起伏的群山；那弯弯曲曲迂回的山道；还有，还有清淙悦耳的山泉，哗啦啦的小河……所有这一切，仿佛是一帧帧美丽的画卷，总能夜

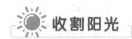

夜浮现在我的眼前，雀跃在我的梦里。

啊，明月若有情，也请托我一斟长长的故里恋，遥遥泼洒在我昔日流连的土地，让故里的山山水水，花花草草，尽都领悟我几多恋乡的心切。也请携份故里浓浓的醇香，来陶醉我的心海，嫣红我的双眸。今夜，我将在梦里，与你交杯言欢，我的故乡啊——

三

如此无法命名的思恋，就像一块飘浮的云，日日总向往那块遥遥的故土，怎么扯也扯不住；又似群迁徙的候鸟，随着季候的更替，总夜夜在思乡的夜空里，在梦的天堂里，一程风雨一程山水，从一个驿站到另一个驿站，日夜不停地飞奔……然而，漫漫的心路旅程太苦痛了，一张旧船票又遗失于岁月的某一个角落。我只好，只好用心地描摹——让我疲惫的双脚，一踏上你，就与你热泪相拥，并无限言欢……

梦里有泪常湿巾。哦，故乡啊，原来我对您的爱是如此的深沉，炽热！

故乡的小路

一

每每忆及故乡，恋及故土，总难以忘怀故乡那条弯弯曲曲的小路。似我平如水的童年，只有色彩纷呈的人生起始点，而无起起伏伏，跌宕不平的人生……

二

故乡的小路，是亲人热泪盈眶的视线，是游子依依归望眼的目光。每每新春过后，这里便是亲人送别游子的驿站，再多的言语，也无法道尽送别的情怀；再多的挥挥手，也无法擦干迷蒙的泪帘。

故乡的小路，是父亲一生汗水的铺就，是母亲一辈泪涟的守候。荷锄春播里有绿油油的禾苗，开镰秋获里有金灿灿的稻穗。母亲的相望眼，也从那泥巴香里，看到了未来火红的希望，以及日复一日沉甸甸的梦想——盼着娃娃们走出大山，走向世界，走向生命中最美丽峰巅的未来……

故乡的小路，是温馨的，亲切的。日日，都有送别和盼归的目光在这里叠望眼，在这里守相归。乡亲们亲切的音容，问候的话语，也总如雨后的桃花，泪露里透出点点期待，笑声中融入无数期盼。就是平平凡凡的一声问候，一手打招呼，也如涓涓的泉水，是那么清澈，那么明亮。

故乡的小路很长很长，只有开始没有终结。自从背起行囊远离故土，漫漫的人生就没有了尽头，没有了终结……游子哪，只有故乡的这条小

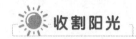

路，才像条扯也扯不断的筝线，在时时牵着你，拉着你。

故乡的小路又很短很短，她就在你夜夜思念的眉宇下，就在拉开窗帘的一瞬间，甚至也会悄悄地，悄悄地走进你昨夜的梦里，今晨的呓语中，去和家人相拥相聚，侃侃而欢。

故乡的小路，融入了我太多太多的脚印，我曾于此开始启程，踏上我漫漫的人生之旅。渐渐地，故乡的小路又印证了我几多坎坎坷坷，也与我一同品尝了几多人生的酸甜苦涩。

三

于今，故乡的小路就像根扯也扯不断的筝线，一端挂在遥遥的故里筝恋，一端系在咫尺心的愁思。是啊，我走了这么多年了，总也走不出故乡的那条小路。那是因为——即便我走到了人生的尽头，再回首那如烟似尘的往事，再回眸人间的青山绿水，也走不出我童年的岁月，我心的故乡。

故乡的小河

一

潺潺，流淌着碧绿清蓝，仁慈是你的个性，博爱是你的本质。你用自己青葱的脉搏，美丽的跫音，叩响大山千万年。

二

春风拂过，你木然的脸开始笑逐颜开，也渐渐敞开爱的心扉，几多涓涓的细流，悄悄融入你的怀抱，在金阳的普照下，闪烁着无数熠熠光泽，如似舞台旋转灯下翩翩起舞的娃娃们，让人遐想，让人流连。

而最使人迷恋，最让人向往的，当数夏日里故乡的小河。这里有排排高过河岸的修尾竹，在阵阵夏风里婆娑成一片片绿色的海洋；岸边的低洼处，也有丛丛依依的垂柳，像是小河帘帘绿色的窗扉，惹得我们幼小的娃娃们也总爱爬上爬下的，折几根细长的柳丝再跃入水中，去搜寻欢欣雀跃的小虾，蹦蹦跳跳的小鱼儿……而印象最深的当数那一叶叶急疾的小舟，以及渔家女清亮的歌声，撒网的情景。每每这时，我们总要停止开心的潜泳，细心观摩一网网诱人的收获。

秋天故里的小河，更饱满，更丰盈了。一船船丰收的稻谷，一船船即将运走的甘蔗，也把乡亲们喜悦的容颜勾勒成只有新春相互拜年才有的那幅情景。只可惜——我不是心灵手巧的画师。要不，那美丽的一帧，当该是我儿时最美的佳作。于今，每每想起那繁忙的码头，喜悦的笑容，就有

许多甜甜的追思涌上心头。

到了冬天，故乡的小河便静寂了许多，像位沉着冷静的老人，在细细构思来年春日的到来，盼着春暖花开的时节，盼着娃娃们日日与他欢欣雀跃的场景，以及那一季丰硕的秋，有沉甸甸压不垮的船儿。偶尔，也能看到几位戴着斗笠披着蓑衣的老者，在河畔边抽烟边垂钓的影子。哦，这时节的小河也缜密多了，他不断在思考：为什么如此的丰景年乡亲们的日子，还是张白纸呢？

三

啊，故乡的小河，这里融有我童稚的写真，快乐的影子，也留下我几多欢声笑语。于今，每每驻守小河畔，仍仿佛能看到我往日欢蹦乱跳的影子，听到河畔棒槌的声声回响，搓衣声的上上下下，以及姑娘婶子们边搓衣，边聊天的欢声笑语……

故乡的云

一

故乡的云柔柔的，飘浮在故乡蓝蓝的天空，一团团，一柔柔，一絮絮，她没有忧伤，没有愁虑，没有苦闷，每天都朝我微微地笑着，和金阳交结，与炊烟握手。并载着我几多年轻的梦，飘出故乡，踏上遥遥的旅程。

故乡的云，色彩纷呈，千变万化，但我最喜欢那朝日里片片"云霞"。说她是"霞"，其实也是旭日折射在云里的一种色彩。所以，每每回故乡，我常常早起，观看朝云的万千变化。以其浓淡的程度，有鲜红的、橘红的、粉红的、暗红的……风，又是这些云彩千变万化的塑造者，随着风力的大小，云一会儿悄悄地移动，慢慢汇集，呈一片火红的沙滩；一会儿又缓缓游移，渐渐散开，像沙漠里簇簇燃烧的篝火；一会儿又翻滚着汇聚在一起，像匹奔腾的红褐色骏马，或只美丽的大金鸡……可爱极了！

哦，就是此时的我，也成了金红色的参照物，在霞光的映照下，一江秋水都镀成了金的了；岸上的小草野花也在金风中轻轻摇曳着；如果再仔细看，就连我一身蓝裤子白衬衫，也都镀上了金红色的了。我漫步着，双脚踏着这秋日里满地殷红的枫叶，渐渐有种直入金銮殿般的舒服。

二

随着旭日的渐渐升腾，那一大片一大片的彩云，也载着我美好的憧

憬，梦悠悠飘出了故乡……为了生活，我只能和那一片彩云，远离这一生一世所眷恋的热土。

遥眺故里那片片彩云，我总感童年的我，才是真实的我。那时候，没有忧伤，没有愁虑，更没有起起伏伏，跌宕不平的人生。如童年里那片片柔柔的云彩，是那么纷呈而温馨，美丽又可爱。

三

而今，遥望日落西山的那片云彩，总感没有故乡的云那般温馨、亲切和富有魅力。那淡淡血红的晚霞里，虽说也有朝日云霞般的色彩，可总感那么苍凉、淡然而沉寂。如似游子望乡盼归的心切，却无法前行的步履，总在那守着那枚沉沉欲坠的夕日。

就是日照中天的片片白云，许是风平的缘故，更许是那枚烈日的灼烤，总静静守在明晃晃的天空，像只午睡正酣的白驹，哼也不哼一声的。

然而，故土哺育了我，故乡的云又载着我远征的旅程，今生今世，我注定都是飘浮在天空的一朵云，也只有用朝云的灵感，去构思一生一世的所有华彩乐章，才能挑战新的领域，去实现人生的所有价值。

故乡的风

一

这一缕缕，一把把的风，从故乡吹来，她日日轻吻我的脸，我银白的鬓发，也夜夜温馨我梦的家园，轻叩我心的门扉。

打开那一扇窗，那一页页游子的心。闻着风中淡淡的花香，我仿佛听到了老母亲的千叮咛，万嘱咐：归来吧，燕子，在这绿叶葱茏的日子，在这花开并蒂的时节，在这春暖人间的季候……

二

故乡的风，总裹着一枚枚熟悉的笑靥，如包一个个清脆可口的饺子，也把乡音乡情细细珍藏了其中。那微风中的春草摇曳，夜空里的星光闪烁，应该也是这故乡的风，在轻轻召唤——召唤游子那枚久久漂泊的心。

此时，我仿佛也听到了，听到了晨日里乡间美丽的跫音，娃狗的汪汪哞叫，公鸡的声声啼鸣……也看到了老父荷锄犁铧的身影，汗衫湿透也不忘辛勤耕耘的诗篇！

三

故乡的风，不紧不慢，如是一只小巧的手，夜夜掀开我心灵的窗户，记忆的史册。于激情燃烧的红领巾岁月，故乡的风总撩起我胸前两片红艳艳的日子。在我成长的路上，故乡的风是我领跑的旗帜，是我心花怒放的

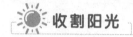

动力。

携一缕缕淡淡的曙光，是故乡的风，把我送出家门。多少年了，于今我才得以在异乡的土地上栉风沐雨，并茁壮成长。

四

故乡的风，是那么悠悠，那么传情。是你夜夜来到我的窗台，我的枕边，为我灵感的沃土精耕细耘，并饱蘸笔墨，挥毫一笔笔人生壮丽的诗篇，成就我生命树上的一处处风景。

啊，故乡的风，无论我走到何处，你总与我相伴相随。当哪一天，我也渐渐老去，也请把我怀乡的心切与恋乡的情怀，都一一送回——我一生一世所热恋的那方故土吧。

故 乡 的 雨

一

　　淅淅沥沥，又淅淅沥沥……这雨帘是如此的亮丽，这雨声是如此的清澈，又是如此的柔和，直把我心的记忆，心的一枚枚怀想，拉回遥遥的故里童年。哦，那是只有故乡三月的连绵雨，在老檐屋子底下才有的那种小夜曲。

　　随着天色的渐渐转暖，故乡的雨季，也悄悄来临了。仿佛是时间的小白驹，来轻叩你的门扉……紫燕在风雨中剪辑春日的绿色诗行；花儿也在风雨中露出了朵朵笑颜；就是犁杖的一垄垄开春新篇，也在开始抒发美丽的乐章，悦耳的诗行。哦，那可是春日里最美好的序言——因为初饮甘露的禾苗，已开始在风雨中舞蹈，也看到了夏的热情与秋的希望。

　　这一时节故乡的雨一帘帘的，从眼前一直挂到遥遥的天际，那么透亮，那么清丽，那么柔和，像一首首娟丽而又押韵了数千年的小诗。总时时吟咏在我的耳际，我的脑海，我的心上。

二

　　于思念的汪洋里，那时我还仅是个穿开裆裤的小娃娃，总喜欢领着风的翅膀，扯着雨的衣襟，在风雨里欢呼着奔跑雀跃。就是手持一叶纸折的细巧风车或飞机，也能在风雨中，转起我愉快的童年，放飞我美好的梦想。

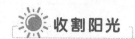

而当雨越来越大时，老檐屋子底下的雨帘又成了我们玩偶的去处，大伙三个一群，五个一伙的，总相聚在那儿，开开心心地玩着这从天而降的美好精灵。看那一捧捧润滑的雨水，总不时逗起我们一张张欢乐的笑脸，大伙即使玩得满身湿漉漉，也感觉十分舒畅和愉悦。

三

故乡的雨，总是这样清亮，这样甜润，这样美好，她教会了我如何去爱——爱一个人，爱一件事，爱一个富有憧憬的人生。于今，半辈生涯都过去了，生命中的诸多坎坎坷坷，以及人生里的无数酸甜苦辣。倘若没有这份爱，这份对爱的理解和展望，那如何去应对自己的人生，自己的生命？

哦，故乡的雨，给了我生存的勇气，生活的力量，以及对未来无限向往和期盼！

乡 恋

一

缕缕清冷的月光，从窗棂漏下，又悄悄爬上我的书桌，洇湿在我一行行方格间，也打湿了我怀乡的眼帘。

形单影只的我，一抬头，是轮丰满的秋月，正静静又细心地瞧着我……我仿佛儿时夜夜逐月，打着灯笼水中捞月般稚气可爱，也拿面小镜子遥眺着她——这可爱的天使，这美丽的小精灵啊，你怎么如此让我眷恋，让我怀想，让我神往的。

哦，是因了这轮明月，这轮美丽的天使，我那份郁积心胸的恋乡情怀，又开始蓬蓬勃勃地蔓延开来了……

二

乡恋如梦如烟，带着甜甜的呓语，带着大山清新的纯朴，总能勾起我无限怀想。那道曲曲的小路，总日日长满几多迎归送别的期盼和祝福，几多太咸太苦的泪水，总把目光拉得很长很长……那条弯弯清澈的小河，总涓涓着父老乡亲明亮的心扉和坦荡的未来，以及我儿时无限的遐想和憧憬。

乡恋如茶似酒，只要轻轻地呷一口，就能细细品出——乡味乡情有多浓多纯又多深，就是远远的一回眸，一声招呼，也能分辨出乡音乡手那永无更改的深情与挚爱。

乡恋如月似水，如是今夜般，即便如何的清冷与孤寂，只要遥首一下那轮明晃晃的秋月，我冰凉的心便会渐渐温暖起来，孤单的灵魂也会瞬息热闹起来，让你总感亲人就在身边，就在耳际，句句言语都是那么亲切，那么温馨，又似水般柔和又柔情……

三

是的，乡恋对我来说，就是本书，是本一生一世都咏诵不尽的佳作名篇。高兴的日子一翻阅，总有梨花带泪般既兴奋又怀想；伤心的时候一翻阅，更有雨后金阳下百花开的感觉，有时还会让你一时抹去所有的不快和伤感，去迎接春日的到来，春笋的破土而出，说不定，还会让你泪潸潸直奔阳台，朝那轮旭日或明月高歌欢呼。

所以，乡恋是美丽的，是清纯的，是令人无限神往的。一如花开的芬芳，只等季候的君临，蜂翅的到来，而无需鸟儿的自作多情。只要你别离故土的时间久了，恋乡的情怀便会油然而生；额前的沟沟坎坎深了，恋乡的心切也就越来越浓，越来越深，越来越长……

乡 音

一

这熟悉的声音，一如在风中疾驰的小鸟，更似杯浓浓的咖啡，一下子就击中了多少游子的心坎。就是惘然不知东西的人，也会拨开繁杂的人群，循声而去……因为，此时的乡音，是化解乡愁的最佳方式。

一方水土，一方乡音。无论游子有多远，乡音饱含着对故乡的眷恋，总是那么亲切并一往情深，她也会让你一时找到久违的温馨和亲切，找到"家"的感觉。

所以乡音是美好的，让你感觉故乡就在你的身边，就在故乡人的甜言蜜语中。

二

山一程，水一程。遥眺远在天边的故里——守望，只是一种过程；心盼，只是一种燃渴；梦归，更是一种无奈。守着那轮明月，独自默饮孤独。倘若此时，有人轻轻推开虚掩的门，道声泥土香，稻草味的乡音，我便会一下子热泪盈眶把心开，将那久别逢故里的情怀，一一道个没完没了。

然而，那门毕竟还是虚掩着，偶有一声回响，心头暖和了一下，可一瞧，那是风动的声音，乡音在哪？门前门后尽是一堆堆淡淡的月光，浓浓的乡愁……

三

所以，一遇久违的乡音，仿佛遇上昨夜的梦中情人，再多的心事也会放下，再多的忧伤也会搁下，让温暖一直渗透到心底最柔软的地方，最甜美的一处。然后，再用最质朴的言语，让最纯情的词汇在风中轻歌曼舞……她胜比一阕优美的辞令，一首娟丽的小诗，更能让你的心头，唤起激滟的波澜，动情的涟漪。

哦，乡音像瓶封储陈年的老酒，愈是年久，便愈加醇香。那汩汩流入杯中的，可是游子盼归的心切；那口口呷进嘴里的，可是对亲人无尽的相思。

四

乡音里，有一声声母亲深情的呼唤，有一阵阵故里乡情的清香，即便是乡音里的歌谣，亦如清新的泥土，连绵的泉水，口口清新并依旧如初，总久久徘徊在游子心灵的深处。

此时，一如秋叶纷飞的游子啊，倘若时空的阴云，也封住你回归的步履。不妨找一处静寂的地方，打开心头封冻的乡音，然后去细细收拾彼此的故事，以及亲人的泪水，远方的星辰……

乡　情

一

　　山一程，水一程。走过缠绵的雨季，走过粼粼的水乡，走过干涸的荒漠，走过连绵的群山……就是走不出故里乡亲深情的呼唤，以及——父亲仁慈的目光，母亲慈爱的嘱托。

　　带不走遥遥的那方故土，带不走思忆中的童年，带不走故里小河那弯小巧的月亮，最终带不走的，还是那份最撩人心魂，最牵动肝肠的悠悠乡情。

　　乡情啊，她像根长长的线，时时牵住游子的心；她像杯香醇的酒，久久温暖游子的心肠。

二

　　乡情是游子的一份情牵，是一支永恒的歌谣，日日唱响在游子的心里，游子的耳际，就是那遥远的一声乡音，也能勾起游子追逐的目光，去寻找那既熟悉又陌生的心影。

　　乡情是游子的一份情挂，是一条走也走不完的路。怀乡的日子里，心头总系着遥遥的牵挂，母亲的千叮咛万嘱咐，总不时殷红在心里，成为相思的硕果，久久挂在他乡的枝头。

　　乡情是游子的一份眷恋，是一簇簇葱茏的心思。思乡的日子里，总把郁郁葱葱的目光，投向遥遥的故乡，记忆中的童年。就是再匆忙的日子，也要静下心来，返老还童于那部厚厚的史册，去搜寻记忆的写真，追思小

河畔快乐的身影，重返原野里的所有青葱岁月。

三

乡情很近很近，总会轻泊在月圆的夜晚。一声声激人心魂的铃响——哦，那是远远乡情的呼唤，呼唤着团圆，呼唤着相聚；一句句美丽的问候——哦，那是遥遥乡情的祝福，祝福着风调，祝福着美满。

乡情又很远很远，总挂在遥遥的天际，就是手揽星辰的云彩，也难以抵达。只好，只好托付那轮轻晃着的月牙，带去我连绵的遐想和思乡的心切。而当，日子也红透成一块晶莹的宝石，我忙碌的行李，也开始装不下我的千言万语。

四

看大片大片的金阳从头上掠过，大群大群的候鸟从眼前飞过。我如履风云的双足，也开始了我的迁徙过程。

道一声问候，再道一声问候。于频频挥手的瞬间，我发现我儿时的乳名竟是如此的稚气可爱，也让汪汪的娃狗摇着尾巴朝我直欢呼；小鸟更是一群群的，忽上忽下歌着前来打头阵；最是飘摇的垂柳，也不时地向我挥手招呼，为我的归来一时都笑弯了腰……

啊，浓浓的乡情里有纯纯的乡音，纯纯的乡音里有绵绵的乡情。故里的厚土情深，乡情的浓烈牵肠，像本厚厚的书，怎么读也读不完，又像夏日里的风，总也无法抗拒她的热情与甜美。

乡　愁

一

是谁，又在窗外吟咏一曲恋乡的歌；是谁，又在檐角释读一首思乡的小诗。

哦，是三月连绵的细雨，从遥遥的故乡而来，正沙沙又点点滴滴地平仄在我的耳畔，我心的乡愁乡恋里。

饮一口小酒，遥望故里的方向。这乡思的心，便如浸透的种子，开始无端地膨胀起来。我的泪涟珠挂，也似这檐前的雨滴，直把乡愁的那条小路洇湿，呈淡淡清亮迂回的小径，并直挂上遥遥的故里山间……

二

拾起挂历上，一枚枚落红的枫叶，细细珍藏心中。如今，我才发现，几多飘零的日子，一如落单的候鸟，为了明日的幸福与未来的希望，正日日寻找自己的家园。但无论身在何方，安居何处，精神的家园总离不开故里乡土，心灵之绳也恒永拴在故土门前那棵古老的老榕树上了。

就是孤寂清冷的夜晚，独对那轮明晃晃的秋月，悠悠的遐思，也总系上遥遥的天边。哦，于这寂寞孤清的夜，乡愁犹如一大片一大片郁郁葱葱的韭菜，长了割，割了又长，她没完没了地疯长在我的案头，我的枕边，我悠悠的梦里。可一醒来，什么也没有，什么也不见了。

三

曾经的悔恨，曾经的希望——哪一天也能放下手头的活儿，让我踏上归乡的旅途。然而，那雁南飞的彩云总迟迟不能到来，一如清远悦耳的笛声，只闻到悠扬的声响，却看不到持笛的最美佳人。那份思乡的愁绪，也就日日挂在眼帘，夜夜埋在心里，成了我永恒的伤与永恒的痛。

数十年了，日子如翻飞的云朵，就这样一片片飘飞过去了。那朝思暮想的弯弯小路，是否还记得我牧童时的倩影；那鹅卵石铺就的小巷，是否还斜挂我纯真亮丽的笑语；还有，还有那早已荒弃于岁月深处的小石磨……所有的这一切，只能再现于我遥遥的童年记忆，再无法复原了。只因如此想着，还能时时给我以淡淡的怀想和淡淡的温暖。

哦，乡愁，是杯酽酽的茶，清舔之后，总是回味无穷；乡愁，是盏浓浓的酒，细品之后，总会泪眼潸潸……

望　乡

一

目光，饮着如血的残阳，多少回了，在把遥遥的故乡，举目张望……

都说，望乡是怅然的愁绪，是心的跌望眼。可于我平静而木然的心胸，她是那么心伤，又那么和谐，那么甜润。似淡淡记忆里小木屐敲打石板路的回响；又如模糊中攀爬龙眼树的甜蜜；最似成了杯可口的甘茶，或瓶古老的家酿，酸甜里总有淡淡的清香，刺鼻中又有滋滋的润喉。

数十春秋，在水一方。回首那山一程水一程的故乡路。纵然有骑千乘，舸百流，也一时难以抵达故乡的路，故乡的土。也只好，只好掇拾起泪千行的托付，用我长长的目光，投送到那块朝思暮想的热土。

二

望乡，都望断了所有的季候。盼着能有候鸟的迁徙，一次次，一程程，把我的心，我的话，驮至老母的身旁。望乡，也望断了所有的梦魇，感觉是昨日的幻想，一下子又成了梦里的压抑，醒来时的泪千行……

多少次，把梦酿成故里的酒。

多少次，提着空酒瓶，也能踉跄在故乡的路。

多少回，醉望满天的繁星，指指点点那是故乡的灯火阑珊。

多少次，又多少回了，醉后醒来竟是满床满地的乡愁，也只好再拉开窗帘望一眼，将满眼满腹的乡思乡愁，一饮而尽……

啊，望乡，都望成了无法命名的乡思、乡恋和乡愁。

三

哦，忽如一夜春风至。那是故里一纸长长的信笺，如是秋叶飞临我的窗前。我殷红的思念，顿时沧海桑田般翻滚着，我雾里看花，水中望月似的品读老母的行行嘱托，句句叮咛。远离故乡的游子哪，这当儿才能真正感受到"家"的温馨和幸福。

"大漠孤烟直，长河落日圆"，再望一眼那遥遥的故乡，在那夕阳的普照下，在那血染的霞光中，定当也有我的彩云一朵，春花一束，正燃放在母亲泪眼迷糊的注视中和长长的相思里。

鹅卵石小巷

一

一枚枚红褐色的鹅卵石，圆溜溜，光滑滑，铺成故乡小巷经年犹新的小径，她曲径通幽，连连绵绵，从村口一直逶迤延至村尾，一如红褐色的小长龙，把小村全都缠在了其中。

每每节假日，我们娃娃们总爱赤着脚，在小巷里噼里啪啦地敲打出不知愁的滋味，两旁林立的二层小平房，也不时传出脚掌拍击的回响；就是巷口的一声声遥遥呼唤，巷尾也依稀听得见；偶尔，哪家的媳妇在门前刮口锅，总能在小巷响起连绵不绝的回响，那声音仿佛是远远流动的轻雷，又像哪家媳妇刚过门的新婚唢呐……

二

小巷幽幽长长，已完全超越了我的想象。自从父亲背着那把叮叮当当的犁铧，把我送出家门，送出山外。多少年了，故里早就翻开了崭新的一页页。唯有这条小巷，仍静静地躺在那儿，像一首唐诗，半阕宋词，正等待后人去细细吟咏，去精心品读。不同的只是——这里的平房即便大都无人居住，但乡亲们也不想更不愿去拆除她。或许，留下如此弥足珍贵的遥遥记忆，也是对先辈的一种怀念，一种爱戴，一种敬重。

哦，小巷，这里留有先辈创业的足迹，也曾留下我快乐的影子。从那光滑圆溜的鹅卵石巷道，我们就不难看出——这里，曾经过走多少艰辛的

身影；这里，曾经洒下多少忙碌的血汗；这里，每一块卵石，都印证着那段丰景年，却仍饥饿的岁月；这里，虽遍布岁月沧桑，却还是我们最美好，最快乐的童年乐园。

三

岁月悠悠，青山依旧，故里的小巷依是那般光滑，那般整洁。驻足其中，轻轻地呼唤，就能听到远远淡淡的回响，仿佛还能听到遥遥时光的回音……我只好，只好踮着脚跟儿，细细前行，生怕一不小心，就惊醒了我往日甜甜的梦——啊，那即便饮着淡淡的月光，也能快乐成长的童年岁月。

老榕树

一

夜夜，守在梦的深渊，不是那闪烁的星辰，不是如镰的刀月，更不是那靓女美丽小巧的身材。而是故里静静守在村口的那棵古老榕树。

那一副老态龙钟的身躯，总让人想起一位步履蹒跚的长者。不同的只是——你粗壮的枝干总伸向云天，或俯视大地。一如盘古般，总要时时撑开天地间的距离，托住那一大块一大块即将落下的云层。荫蔽的巨手如是把巨伞，把小村遮得严严实实的，似乎在守护小村的宁静与安乐。就是那一年四季常青的叶子，也不断翻新着。所以，老壮结实与生机勃勃，当该是你的座右铭；纯静绿和精气神，就是你的代名词。

二

呵，老榕树，我梦中的慈父。

还记得我吗？还记得当年那位调皮而瘦弱的娃娃，总在你的树荫下熟睡，也曾于你的树上掏过鸟窝，攀折过郁郁葱葱的枝丫。

还记得吗？那曾背负沉沉行李的少年，在远离家门时，曾与你道别的情景，于今仍历历在目。你用风雨飘摇的枝丫，道一声珍重，再道一声珍重。

啊，你的慈爱，你的盛情，也让驻足客地他乡的我，时时把你挂在心头，系在梦里。成为永恒的记忆，永恒的心伤。

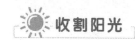

多想，多想再踏上这块美丽的故土，让我殷殷的落叶情和归根爱，与你相依相拥，再拾起你一片最完整，最亮丽的殷红秋叶，细细夹藏书中，心中。

三

于今，每每路遇老榕树，就会燃起我熊熊的故乡情。故乡的老榕树哪，她已成我情归故里，心归故土的风向标。就是有一点点的风吹草动，也会想起你，想起你长长垂下绵绵密密的褐须白髯，你虬曲苍劲的躯干，你青葱茂盛的枝叶。

啊，我走了这么多年了，总也走不出故乡的思念，走不出老榕树长长的情牵。只好，只好提起手中的笔，遥遥抒发我静静而无限的相思和默念。

犁和扁担

一

老牛沉重的叹息，铧过了长长的岁月。数千年哪，就靠那一把弯弯的躬耕，犁出了一部厚重的《中国历史》，也犁出了故乡那块黑沃的土地，辛勤的人们。

老牛担着日月，百姓挑着星辰，就这样——自唐而明而清，一步一履渐渐走了过来……

手持一把希望的犁杖。足下，是厚土情深的大地；前方，是金灿灿丰硕的秋；以及子子孙孙美好的希望和美好的未来。

二

从牛儿的第一声哞叫，犁铧破土的开春新篇里，我仿佛看到了沉甸甸的秋，金镰开割的声响。

就是这样的金秋，就是这样的美丽时节，父亲笑逐颜开的脸上，挂满殷红的阳光。他一头挑着美满，一头担着期盼；一肩挑着今日，一肩担着未来。

这长长的扁担呵，它担负着一个家，几辈人重重的负荷，也把我从咿呀学语的课堂，一步步又一步步，直挑进社会的大舞台。

而从犁铧翻出的沟沟坎坎的额纹里，我才清楚父亲当年的辛酸与苦楚——他何止在躬耕那块黝黑的土地，更是在细耘我们的未来，我们的

理想！

　　一把犁杖一根扁担，筑就了父亲的一生一世，也题写了我们花样的年华和生命的篇章。

三

　　而今，那把犁杖那根扁担，已湮没于历史的尘埃。取而代之的是最新型的农具，最新式的乡村生产和生活方式。可我，依然恋恋不忘，不忘那三月连绵的细雨中，头戴箬笠，身披蓑衣，边吆喝边挥鞭耕耘的乡村美景……以及八月秋高气爽时节，悠悠的扁担，挑着沉甸甸秋的一番美景。

　　呵，沉沉的犁铧，有融融的情；悠悠的扁担，有绵绵的爱。这里的情，这里的爱，是一种亲情和一种亲爱的大融合。如是天地间的星月交融，风雨交化，山水交接，不断诉说着一代传承一代的故事情节。

石　磨

一

无声的石磨，仍默然伫立村口，站成村庄的符号，印证着故里的沧桑。

这大山的石头，经石匠的精雕细琢。两扇圆圆的石块，一生都围绕一样的轨迹。磨碎了多少风雨沧桑的岁月，养育了一代又一代人；并啃咬着我记忆的年轮，磨碎了我童年几多沉甸甸金色的梦幻。于今，你沉默了，仍摆在山村的屋檐下，成一道亮丽的风景线。

啊，石磨，大山没有忘记你。那镂在石磨上的磨牙，如同古老村庄隆起的肋骨，见证了那段咸咸涩涩的风雨年代，那一段青黄不接的饥馑岁月。抚摸着斑斑驳驳粗糙的你，如同抚摸父辈坎坎坷坷的人生。

二

辛勤换不来一日温饱的粗茶淡饭，就是再节俭也难以支撑细水长流的时光。父亲一如沉重的石磨，天天围着一个希望打转，在寒暑下艰辛地默默劳作……

梦幻是风调雨顺的年景，欢欣是一家人的温饱和希望。可父亲为我们创造的幸福诗行，也如这磨钝石牙，崎岖而又凹凸不平。从有米饭香的日子到磨出米糠饼的岁月，直至最后连磨盘空了，成一块块倒竖的磨扇，被随意摆放在那里，成另一道日日期盼的风景。

这石磨也与我们一道咬紧牙关，承受漫漫日子的煎熬和苦难岁月的磨砺。

三

石磨，曾是村庄的牙齿，懂得秋日镰刀的心思和心志，清心寡欲地啃食过村庄的贫困和苍凉。是故乡最幽深、最有力、最真实的石头见证！

而今，故乡的那株大榕树老了，犁田的老水牛也不见了，你也老了，停止了呼吸。可任凭风吹、雨打、日晒与霜袭，你仍日夜坚守在那里，成为一种记忆，一种思念。

作为平凡而微不足道的你，历经长长的磨难，心志仍如此弥坚。我不得不折服于你的坚强意志和崇高向往。

老 井

一

故里的老井，饱经沧桑，历经无数的风风雨雨。至今仍睁着失眠的眼睛，已经数十载了，还在那——望着遥遥的天空。

母亲的瞳眸，也一直未阖。只是那满头苍白的华发，让身子渐渐佝偻了下去，再挑不动沉沉的日子。还记得母亲轻悠悠挑水的身姿，一头担着日月，一头担着星辰；一肩挑着今日，一肩挑着未来，就是再艰难再苦涩的日子，也把我们拉扯大，并送往那一处遍布书声与歌声的乐园……

而今，母亲老了，老成了这干涩荒弃的古井。有时真想从母亲的双眼里，再提一些我童年如水般的故事，可老眼昏花的她，也如这干涸的老井，再挤不出点点滴滴的清泪。哦，多少苦日子把母亲的双肩都压垮了，又哪让她能欢欣得来呢？

二

记忆中的这眼老井，是那般的清澈和甘甜。母亲曾用一双满满的木桶，挑起一家人炊烟袅袅的日出日落，也喂养了我饱满的童年。

那时，母亲从不停歇地俯下身子提水搓衣，我们就在井台上欢快地戏谑打闹。即便是满身湿漉漉，最多也是让母亲谩骂一两声，或提一把小耳朵。而我们的快乐就在这清凉凉的水里，在这甘甜甜的润泽间，又哪听得了她的一言半语。

童稚的无知，让我不知道什么叫苦日子；童真的快乐，让我遍布无数幻想。就是一叶纸折的小船，也能让我在井台上小小的木盆里，去搜寻大海的方向，旭日的光芒……

三

一晃数十年过去了，每每回家，一看那哗哗的自来水，我就会想起那口老井，想起童年的往事。年少时的一段段情结，似乎还凝结在井沿，其中的故事像断层的岩石，再打不开岁月的锁链，也记不清何年何月，我如鸟般飞走，只是在梦里仍能继续吮着老井的甘醇清冽泉水，去喂养着我无数的乡愁。

如今，掘井的人已经走远了，老井也没有了水，仅留井台和井沿残留的岁月春梦。那老砖垒就的井壁上，长满了青苔，砖缝里也有了青青的小草。可好的是——我儿时遍满的足迹还在那点点诉说着母亲的艰辛和我童年的快乐与美丽。

老井哟，曾经的老井，让我流连忘返的老井。来日方长，我们还会后会有期。

老　宅

一

每每回故里，徘徊那座破陋的老宅，我依稀能听到遥遥二胡惆怅的哀鸣。仿佛目光能穿越岁月的时空，一下子就抓住了那位英俊少年的手，以及他手上的那把二琴弦。

老宅是一棵老树，随着日子的一片片翻飞，她已根深蒂固地扎在了我的梦里。

——多少回梦见弦断黄昏，屡屡深情的弦响，戛然而止……

——多少回梦见佳人循声而至，却又梅落一地，悄然而去。

——多少回梦见缕缕的炊烟，将我的茅草屋，重塑成美丽的琼楼玉宇。可醒来时，早已乘风归去，仍是一纸娟丽的诗行和一把熟悉二胡，悲凉地面对徒有苍白的四壁。

二

与其说这歪歪斜斜的老宅曾和我一样一贫如洗，不如说她曾是我一处心灵的寓所，思想的家园，灵魂的托付！

这里，曾是我人生最初的起点，如射线般，只有端点，没有边际。从一开始，就步入了遥遥的人生之旅……如今，回首那长长的生命旅程，我更加坚信我选择的方位是正确的起跑线。如是进入春华的浪漫与秋硕的殷实，势必要历经严寒的考验和酷暑的炙烤才能实现和抵达。

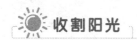

这里，又曾是我漫漫文学之旅的出发点。自从与缪斯结下不解之缘后，我就有了阿波罗的心力，让阳光普照大地，普照这坎坎坷坷的生命之旅……

所以，老宅是一个充满构思的地方，一个遍布记忆的地方。她的富足已远胜于她的清贫，她的东倒西歪更能说服我，她是我最美的梦中佳人，最值得回忆和品味的地方。

三

一生的浮萍飘摇，一生的来来往往。老宅成了我日日记忆中的一点绿，夜夜梦里间的一点红。

于似水流年里，老宅渐渐落成了残垣断臂。如今，只能远远地与她守相望，面相视。生怕一不小心，就惊醒她那一颗古老的魂，那一枚岁月的梦。

然而，我伤感的情绪，难弃又纠结，只能留下淡淡的目光和遗憾的眼泪……好在，好在你曾记录下我年少时的不屈与奋起，青春时的进取和抗争！

再见，我的老宅；再见，我的梦中佳人。你的精神，你的灵魂，你的品质，将长存于我生命的长河里，成为我不断崛起的一座里程碑……

望月怀乡

一

当那轮皓洁的明月,将如洪的潮水涌到我的窗前、我的床前时,我心的明镜,也于不知不觉间,将满腹归乡的心切,遥遥投送到故里那片广博的土地。

静坐床头,遥眺那轮明月。我那古朴的平房,是否还沉浸在溶溶乳白的月色中,也一样盼着我归来的心切?那眼清淙的泉水,是否还在涓涓歌着我甜甜的梦想,以及亲人的声声呼唤?都春暖花开了,小河畔那一排排嫩绿的杨柳,是不是也一样依依伸出千手万手……

如今,我只想采几缕如水的月光,细细珍藏心中,为今夜梦中的故里行,点燃我的心扉,明亮所有前程。

二

拾起一叶叶心的箭镞,我笃信——只有故乡的雨露,才是滋润我心的花儿;也只有故乡的港湾,才是我归根的码头;更是只有故乡的阳光,才能熨平我风雨沧桑的折皱。

啊,故乡是道色香味俱全且上好的美味佳肴,总时时诱惑远方游子不得不去品尝。如是今夜,思乡的隧道长长,归乡的步履却维艰;梦归的步子就在眼前,可怎么也迈不开第一步,行不出第一旅。

而今,只能隔着遥遥的时空,用心的一把筝翅,翔临那片充满亲情,

充满阳光和温暖的故土，再抛下我一叶风雨飘摇的帆，去背负对您沉沉而长久的相思。

三

故乡啊，我是只凌空翱翔的孤雁，于无边无际的大海上翩翩翱翔，并凌飞于白云与浪涛间，傲视所有汹涌的风浪。为成全您的声声期盼，我用坚毅的翅膀，在理想与现实之间不断拼搏，不断冲刺。

啊，故乡，您是我的偎依，是我最坚强的后盾。所以，我的强悍，我的倔强，已不再是只落单的小鸟而无家可归。

那一夜，我带着老牛沉重的叹息，带着父母厚重的希望，带着故乡的声声期盼，我走了……如今，却走成了恒久的记忆，走成了逆子长相思的愧疚。所以，也只好，只好用我的声声呼唤，句句篇章和段段美辞，遥颂您的慈母情怀，您的泥土芳馨……

年　味

一

故里曾经的年味，是爆竹、火红的门联和美味佳肴，如是故里的小桥、流水与人家般，一样的熟悉，一样的亲切，一样的令人神往。

大红鞭炮，放飞一年的辛苦、劳累和烟尘，一年的郁结、愁闷和无绪。一样放飞的，还有老宅疼痛的记忆；苇风里的小河环绕着的惆怅；以及那一大片一大片沉甸甸的丰景年，却仍是一纸苍白的希望和记忆。

只有那一对对火红的楹联，仍题满来年满目的期待，以及未来沉甸甸殷殷的梦。就是明知无法在意料中，也盼着能于不经意间，红透成淡淡的笑逐颜开。即便是微微地一笑，也能成为来年辞旧迎新里——最耀眼、最炫目、最向往的主题。

不知愁滋味的我们，也只有妈妈的油锅里，那轻轻躁动的油炸声，总一回回炒香了我们欢乐的童年。因为红红的火炉里，有我们馋得直流口水的新年祝福；大红灯笼里，又高挂我们如禾般快乐成长的笑脸。

二

如今故里的年味，是回家、相聚和侃侃而欢，像是雁南飞的蔚蓝苍穹、行程和归巢般，一样的陌生，一样的匆忙，一样的迫不及待。

曾几何时，将时间剪辑成冰花，把年的味道匆匆装进行囊。路，就在脚下延伸；车，在快速急驰。回家的欲望，在一步一步接近村庄的内核，

但总感还是慢了许多。老父老母的声声叮咛，还不时萦绕在耳畔，就是怎么也跑不过时间的长廊……

哦，故里的那条小路；故里的那道山岗；故里的那块码头……情切切，意满满的，再装不下浓浓游子亲人的乡音乡情；且把家的门槛也放得低低吧，这里有的是雁南飞的盛情，有的是遇故知的浓烈，有的是山妹子泪涟涟的亲阿哥……

家哪——家，这游子回归的驿站，放飞梦想的巢穴。如今，都相聚在了一起，再还有什么不能说或来不及说的？就是村东头的憨阿哥，也把婚纱献给了村西头日思夜想的纯小妹。

三

哦，读着故里年味的变迁，感觉像读一本十分晦涩的书。有时读不懂，总要细细流连时光的长河，再翻阅那册遍布尘埃的沧桑岁月，才能发现其中的深知和奥秘。

因为，老父老母的背影总一鞠一躬地向爷爷奶奶走去；时光的长廊也在渐渐消失，又渐渐延伸……向没有尽头的方向开拓和伸展。

其实，故里这本书，如一本厚重的史册，她的序言和后记有着天壤之别；而故里的年味，更似一位端庄的少女，她的昨日与今天，总着不同的脸面，不同的微笑，在向你招呼，向你含笑……

故乡·小巷

一

随着岁月的流逝，记忆中的故里桑梓却越来越清晰了，宛如唐寅的工笔山水。层层黛青色的山峦连绵起伏走马扬鬃，《八骏》蹄下绿染一方古老的沃土，九龙西溪就这样歌着轻拂而过……三月，濛濛的桃花雨，使故乡更俊、更迷人了……

而印象最深的，当数那条铺满鹅卵石的小巷。

二

小巷源于何年何月已无从稽考了，但从那光滑的巷道和古朴的平房，就不难看出，它已沐浴了漫长的世纪沧桑。巷两旁是相对而立的低矮平房，椽上覆盖纯一色青绿琉璃瓦；每家檐前各雕一对斜逸而出的飞龙走兽；底下便是鹅卵石铺就的巷道，宽约两米有余；许是由于长年累月的磨损，巷中早已明显出现一道光滑的路槽。每逢炎热的夏季，凉爽的南风徐徐穿巷而过，槽路两旁便是各家老小谈天纳凉的好地方。

小巷幽长，小巷里的故事也同它一样幽幽长长，逶逶迤迤。这里，留有先人创业的足迹；也曾烙下红军驻足的履迹；同时还是我童年生活的摇篮。

爷爷曾说过，在那战火纷飞的年代，他一年没少逃过几次兵荒，而每次归来家里总要少点什么，但有一次却让爷爷终生难忘。那回爷爷抱着年幼的父亲到山外"逃军"去了，想不到数日回来一看：门还锁着，屋里的家什一件不少，一只来不及提走的大公鸡仍在壁坜里喔喔直叫。爷爷还意外地拣到了一顶刺有红五星的军帽，帽底下扣着这样一幅字条：老乡，我们是共产党的军队，红五星是我们的标志。爷爷看了两眼一片灰濛，他忙背起一袋大米，连同那只大公鸡去山外找红军。可爷爷翻了一座又一座山，走了好几十里路也找不到那支队伍，这是爷爷一生最大的遗憾。

小巷缠缠绵绵，这里也是我们娃娃们最好的去处。

自从爸妈给我种上两只大眼睛并跳起突突的脉搏后，这小巷就让我难以忘怀，每每大人们出去劳作，我们就在小巷里玩耍，这里成我们小孩玩家家的好天堂：有捏泥人的，有吹风车的，有打纸牌的……但凡我们小孩玩得来的，都成了我们遥遥天真的梦想。

三

如今远离故土，这小巷也总时常在梦里出现，她成了我思乡恋土的重要纽带。每次回乡，总忘不了再去看一眼，再走一走。每每走在这条巷道上，总深感自己年轻了许多，甚而仿佛回到了童年一般的温暖和亲切。

啊，我走了这么多年，总也走不出故乡的思念。我想，应该是与这小巷有着藕断丝连的关系。因为她让我快快乐乐地度过了我的童真岁月，即便那时的生活是那么艰苦，但苦中有乐的日子，是十分难得的。

是的，小巷，你永远是我恋土怀乡，忆及童真的一座桥梁！

校园诗情

园丁颂

一

躬耕于自己黑沃的一亩三分地，用一份热切的心，一双虔诚的目光，日日普照——那一棵棵嫩绿的幼苗，一只只嫩黄的雏鸟。是我们辛勤的园丁，在把希望播撒，把智慧传播，把知识传承。

那无怨无悔的双手，让粉笔的犁杖，在黝黑的土地上辛勤耕耘；那动听悦耳的诵读，让琅琅的书声，紧随朝阳与甘露，不断洒落；那忽上忽下的教鞭，也抑扬顿挫着美丽的歌喉，呈现出春日里最激人心魂的时时刻刻、朝朝暮暮。

于众多莘莘学子而言，您是严父也是慈母，是长者又是益友，更是孩子们人生观与价值观的启蒙导师。多少渴求的目光，如花草树木，渴求阳光与雨露；多少小鸟鱼虾，正向往甘露与空气；就是日月星辰，也憧憬蔚蓝与幽远的苍穹……

二

春日里，面对一窝雏鸟，正张着嫩黄的喙，叽里呱啦地叫着，您想着的不是自己的身前与身后事，而是如何将他们细细哺育成翱翔蓝天的大鸟，让泉眼无声的细流，渐渐汇入滔滔的江河，最终融入波澜壮阔的涛涛大海。

自从你把那一丛丛青青的河边草，培育成一棵棵葱茏的参天大树，您

也渐渐老了，老成秋日里一株株殷红的枫树，老成那块百年、千年的岸边岩石，任凭风吹雨打，仍驻守自己的港湾——三尺讲坛上的风雨人生，这就是你的所有，你的一切。

三

难忘师恩，师恩难报。我认为报答师恩的最佳方式，除了尊师重教，最重要还是要以自己的努力和佳绩来回馈。因为阳光的普照是为了大地的明媚，雨露的滋润是为了万物的复苏。所以，师生之间这种完美的组合和交融，也是人间一种最特殊的"爱"与"情"的关系：爱，是老师如母燕般对雏鸟的哺育和启导；情，则是孩子们对老师的尊师之情，报恩之心。

芷兰芬芳为底谁？报答三春艳阳恩。老师哪——我们辛勤的园丁。这崇高的称呼，这一至情至爱的表达，是对知识的敬仰，是对人类文化价值的默认，也是对知识与文化启蒙者的最高敬仰！

园丁赞

一

是谁，用满腔的热血与汗水，构筑一所灵魂的家园；是谁，用一生殷殷的期待和探求，在把知识奉献？哦，那就是我们辛勤的园丁。

从她们步入讲坛的那一刻起，就以爱的金阳，闪烁澎湃的激情，就以情的甘露，奉献自己的人生。

细细地耕耘，让光荣的职业充满阳光；孜孜地启蒙，让渴求的目光充满期待；苦苦地探索，让崇敬的目光充满感恩。

于众多莘莘学子的心目中，您是人类灵魂的塑造者，是传播知识与智慧的工程师。那三尺讲坛，承载着您洁白的粉笔人生。淡泊、无私、虔诚与质朴是您最亮丽的形象；谦虚、礼貌、文明与高尚是您最崇高的人格。

二

在所有的流年似水中，粉笔点拨了知识的迷津，教鞭指点了理想的风帆，双臂开启了智慧的大门，黑板也记下了无限的情深。烛炬人生中，奉献成了您的主题，辛苦成就了您的一生，淡泊名利又成您的座右铭。时光在穿梭，岁月在嬗递，从青丝到银发，您都用心灵的付出，让花儿竞相开放，让桃李竞相芬芳，让幼苗茁壮成长……

我们辛勤的园丁啊，有了您，花园才这般艳丽，大地才充满生机。您是美的耕耘者，美的播种者。如果没有您知识的桥梁，我们如何跨越

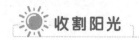

理想的彼岸；倘若没有您思想的滋润，大地又如何能绽开如此鲜美的灵魂之花？

老师哪，您又是我们生活的一面镜子，能日日照耀我们不断进取；您是我们人生的一杆秤，能时时让我们把握好自身的重量；您更是我们心的一把尺子，能每时每刻，去规范我们的是非曲直。

三

一盏明灯，一窗风雨，照亮了乾坤，滋润了万物。老师啊，正由于有了您这盏明灯的照耀，我们前进的路上才会处处见到光明，并一帆风顺地抵达理想的彼岸。也是您——于春风化雨中，把春华写成秋实，将平凡化成伟大。

啊，老师，我们辛勤的园丁。有了您，人间才处处有花开；有了您，世界方可一片灿烂；有了您，心灵才更加纯洁亮丽。您是我们人生路上最娟美的一首诗，押韵在我们每处生活的道旁和事业的路口——既可品尝又可吟咏，既可学习又可规范。

三尺讲坛

一

三尺虽小，却丰盛过一席佳宴。虽比不上燕昭王黄金台招贤纳士的圣明，却是一处孜孜不倦的大舞台。这里有我们传授文明与创业的使者，在日日辛勤耕作；这里有我们盛赞的红烛，在时时点燃希望与理想的火把；这里有我讴歌的春蚕，在不断传播人类的光明与智慧。

是的，春蚕到死丝方尽。当我们辛勤的园丁，也把自己的烛光，照亮三尺讲坛时，这明晃晃的教室，就成了她们成就一生伟业的阵地。她们用燃烧自己的烛炬人生，照亮他人，就是丝尽自身，也要温暖别人，温暖人间。于此，我们只有对倾情授学的布道者，顶礼膜拜；对孺子牛般辛勤耕耘者，崇敬有加。因为，这三尺讲坛，并非她们的娱乐之处，而是她们传业授道解惑之地，是她们化春风为春雨，滋润万物苗壮成长的地方。

二

三尺讲坛迎冬夏，一支粉笔写人生。我们辛勤的园丁哪，就在这样的阵地上精心耕耘，书写冷暖。用自己的爱心去滋润下一代，充当稚嫩童心里的一枚枚启明星，如是春阳普照般，时时刻刻在陶冶孩子们美好的心灵。

于她们的内心，驻足三尺讲坛，至死不渝是一种信仰；笑看两袖清风，淡定自如是一种人生；即便泪干丝尽，春蚕至死，也视为一种命运！这便是我们辛勤园丁的烛炬人生——以三尺讲坛，帷幄万千来者，

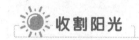

万千时空……

啊，三尺讲坛播撒的是爱心和祝福；三尺讲坛承载的是希望和梦想。从莘莘学子渴求的目光中，我们就知道这三尺讲坛的意义和分量。倘若没有它，哪有神舟飞天，哪有嫦娥奔月，更不可能有三峡工程的巨大与宏伟！

三

三尺讲坛，用知识点燃希望；用智慧唤起理想；用科学实现梦想。这里，只有桃李的芬芳，没有落叶的萧条；只有巨树的参天，没有花开的枯萎……

十年寒窗，十年磨剑。对于智者来说，三尺讲坛，就是他们的磨刀石。有了这块磨刀石，才能催生出真正的希望；有了这块磨刀石，才不辜负十年寒窗的付出；有了这块磨刀石，才能开辟一个崭新的阵地，最终实现自己的理想。

三尺讲坛，也是园丁们最温馨而圣洁的地方。这里，是她们用自己血汗开辟的家园；是她们播撒春日种子的良田沃土；同时，也是她们实现自己人生理想与生命价值的最佳场所。

讲坛风云

一

聆听这琅琅的书声，那半辈漫漫人生苦旅，如一匹古道上的秋风瘦马，疲惫、惆怅，又不知路在何方？

风饮着满头的华发，带着怅然的双眸，望断天涯的黄昏落日，就是看不到青丝埋下的那颗春日里的种子。我只好，只好托付于那一枚枚真挚的童心；用我孺子般的犁铧，精耕细耘，那一块黝黑的土地。

意象中的蓓蕾，有了花开的声音；夏日里的石榴，也露出了火红的笑容；一道道期待的眼神，如含苞欲放的精灵，正等待你的关注，你的抒情，你的题写。

启迪惺忪懵懂的心灵，原本是我的初衷；奉献知识与智慧的食粮，亦为我的职责；教人求真与为人，当该是我的砝码。泾渭分明地启发和引导，让台上与台下心有灵犀，成默契沟通的一座桥梁，一叶舟桨，是抵达理想彼岸的关键！

二

踏着落日的余晖，伴着绿柳轻杨。于此明媚的春风里，这驻足一生的三尺讲坛，就是我的所有，我的一切。看一群群快乐的小鸟，正轻歌曼舞，写意着人间最美好的春天。

走向那高高的讲坛，面对一朵朵娇嫩的花儿，往日不曾留意，不曾静

静地欣赏。于春风轻拂的瞬间，我才发现她们竟是如此的美丽，如此的动人。如那枚冉冉的旭日，为了日挂中天的激情与高远，在不断奋发，不断进取，并把真诚的微笑，献给人间，将美丽的祝福，留给世界……

走向那高高的讲坛，面对粉尘的四溢，我无怨无悔。我愿是一场春风，再悄悄化一场春雨，用我细细的心，滋润万物的茁壮成长。我愿是条潺潺的小溪，带着那一叶叶小舟，划向蔚蓝的江河湖海……

走向那高高的讲坛，面对今日的艰辛与明日的期待，我将快马加鞭于我人生的每一个驿站，每一个道口，每一个码头。即便遇上萧瑟的秋寒与飘飘的冬雪，我也将继续赶走我的人生之旅。用我最幸福的微笑，用我一颗最甜美的心，去播种春天，播种花开！

三

啊，聆听这琅琅的书声，我终于找到了明媚的春天，找到了前方的路标与前进的方向……

黑　板

一

黑得纯净，黑得热忱，黑得透亮，黑得高尚。似一枚枚黑珍珠镶嵌而成的黑土地。这里，有一口口知识的泉眼，正汩汩流淌；有一枚枚智慧的明月与繁星，任凭你采摘；同时，也是那一尺忽上忽下的教鞭，播撒春日种子的良田沃土。

从不羞愧，以黑为美，以黑为荣是你的本性。因为，你是人类最圣洁而明净的一方黑土地。虽以暗黑现身，却从不贪婪与攫取，只有传承与奉献；也从不偷懒与放弃，只有勤奋与劳作。倘若有——也只是吸取粉尘的苦与涩，来春风化雨，润万物无声地哺育稚嫩的雏鸟和细嫩的幼苗。

黑，并非是你的穷途末路，而是曲径通幽地通往光明和坦荡。也只有你的黑，才能更好地展现知识的明净，智慧的高尚，文化的幽然意远……所以，你是黑夜与白昼最光明的使者，不是那枚明亮的启明星，不是那弯小巧的月牙，而是那轮通红冉冉的光明使者！

二

正因为你有黑土地般的执着与厚爱，才有了那份厚土情深的心，来哺育一代又一代知识与文化的追寻者，光明与秋硕的渴望者。从人类基因的突变，你发现猴转化为人的现实，难道——这不也是为了人类一架天梯，高挂云帆济沧海，做一回知识与文化铺垫，智慧与科学的探索？

是的，从文化意义的层面上讲，黑——是宇宙的底色，代表沉默、安详、宁静，亦为所有和一切的归宿。所以黑蕴含着巨大的神秘和力量。之所以选择"黑"为一种模具，不仅因为黑白两色是极端对立，更因为二者有着许多难以言状的共性和共融。这种共性，是只有融合到一定的范围与视觉内，才能实现的一种共同体。所以，你是白色的姐妹，又是白色的兄弟，亦为我们辛勤园丁所挚爱的一处热土，一方沃地。

三

于此春暖花开的时节里，播种是为了秋获。当金阳与鲜花，当真情与大爱，于你黑色的土地上不断探索人生时，你留给自己是无尽的"黑"和零点的茫然，而奉献给人类和世界的，不是圣洁的人生，就是明净的殿堂，抑或远大的未来，五彩缤纷的王国……

哦，黑，是心灵纯粹的反照；黑，是天性故本的识别码！

黑板报

一

这黑色的土地，有我的眼光和心的花朵。与你默默对视的瞬间，仿佛就在昨天，一位稚嫩的小男孩，用他咿咿呀呀的小嘴，亲昵地呼唤你的小名字……长大后，却又不断迷失于你字里行间异彩纷呈的走廊，就是那一排排温暖的课桌，也频频在向我招手，肩并肩地站在一起，细细观摩你的风采。

这一地秋硕的殷实，也让一颗颗稚嫩的童心焕发出无限缤纷的色彩，她是今朝的铺垫，明日的希冀，未来的向往，每一寸土地，都是丰收的憧憬，沉甸甸的希望。

粉红的，在歌着师魂大爱无边；洁白的，唱着童心天真无邪；纯蓝的，颂赞师恩郁郁葱葱；翠绿的，吟咏童贞渴求知识的收获与理想的实现……

二

一亩方地，十分耕耘；三尺讲坛，一生心血。这里，有我们辛勤的园丁在把爱的幼苗精心培育，将情的小鸟细细放飞，就是想象中的桃李，也能在这里生根发芽，并苗壮成长。

把目光，再度停泊你的港湾；将心，再次驻足你的土地。你的森林王国，去返璞归真地享受众鸟的纷飞，清泉的细流，就是一条细细的彩带，也能把我拉回色彩纷呈的童年，耳畔不时响起缕缕熟悉的声音，既模糊又

清晰地，呼唤我儿时的小名，我童年的昵称，并点点滴滴，点点滴滴地填满我记忆的脑海。

这里，有银锄的辛苦，在彰显一颗颗童心的未来；这里，有犁杖的艰辛，在日日翻耕那块黑色的土地；这里，更有镰刀的锋利，在收割一片片秋硕的希望。是的，这里只有朝日的冉冉，没有落日的余晖；只有春秋的播种与收获，没有冬夏的冰寒与炎热。幸福、和谐与快乐成了这一黑色阵地的主题。

三

看哪，那不熄的少年火炬，在日日燃烧，像是永燃不灭的太阳，也把整个教室，每一个温暖的童心，都照得通亮透红；那一律律的名句格言又何等的铿锵有力，如是一曲曲冲锋的号角，直把一份份少年的心唤醒；还有，还有那诙谐动人的小故事，在呼唤着你的为人、为事，有容乃大——就是那最小的一个细节，也能成就你一生的伟业。

有天才有地。有了师恩的广博与厚爱，师德的严慈和从业，才能创造出如此的一方天地，一亩良田，让我们稚嫩的娃娃们有了自己生活的乐园，思想的空间，精神的天地。所以，可别小瞧这不起眼的一块黑土地，"天下无所谓才，能雄时者，无对手也。"可是小小毛润之，当年还是个师范娃时的一句"讲堂录"！

滴水之恩，当涌泉相报——这不是仅存于口头上的调侃或停留于纸面上的题写，倘若人人都有份"黑板"的奉献精神，哪何愁没有涌泉相"报"之时？

粉　笔

一

日日，于黑色的土地上辛勤耕耘，是你——甘为粉尘，也要奉献一生的情怀。如昙花一现，转瞬间，即完成自己的使命。

师魂铸就的永恒丰碑！是你——前仆后继，宁为玉碎，也无怨无悔的选择。因为——你已在知识与心灵的王国里，留下自己最圣洁而神奇的足迹，最清晰而匆忙的一笔。

是的，你匆忙的一生，不论卑微，不论高尚，不论短暂与长久。只谈播种和耕耘，只谈奉献与付出，即便于尘世仅留下瞬间的记忆，也毫不在乎。因为——粉身碎骨，毫发不存是你的天性，你的本意，也是你的最终选择。如此的坚忍不拔，忠贞傲骨，足以证明你的气节和高度，你的文明和高尚。

二

干净地来，干净地去。即便明白生命的短暂，也清楚生命的宝贵，然而怎么也不在乎，一走上那块圣洁讲坛，黑色的土地，就没有犹豫，没有怨言，没有忧伤，更没有悔恨。只愿用自己春风化雨的一生，来孕育遍地的花草，滋润满坡的桃李，哺育一群群稚嫩的雏鸟……

这美丽的精灵啊，这可爱的芳菲。以春夏秋冬的色彩，铺就了一条条人类灵魂深处的路。从春绿的郁郁葱葱，到夏红的热烈热忱，从秋黄的沉着冷静到冬白的净洁明亮。每一道灵魂深处的路，都在取得成功喜悦的同时，也在奉献自己的一切，自身的全部，就是最后化为一缕粉尘，消失于人间，也在所不惜。

哦，悄然逝去为此生，只把智慧带人间——这是你最高的理想和最终的愿望。如此默默无闻的奉献精神，正日日流淌无华的精神，叩响智慧的大门，并直通未来的世界。即便两袖清风，拂尘而去，也是生命最华彩的乐章。因为——在那块黝黑的土地上，早就缤纷着你五彩的梦：默然、无私、真诚、厚爱、播撒与奉献。

三

一支粉笔，三尺讲坛，搭起人生大舞台。我们辛勤的园丁哪——在犁尽岁月的同时，不也正演绎一幕幕生命的风采：从青丝到银发的粉笔人生，哪一处不是你圣洁的土地？哪一处不是你匆忙的一笔？

啊，我无限自豪，也无限敬仰我亲爱的"粉笔"——你站立天下为公，你倒下人间含情！

书 包

一

林翠莺语喧，波静水浮烟。走在这林茵小道上是那一个个小巧的书包，如一枚枚流动的星辰，游移在这阵阵愉悦的晨风里，明亮而醒目。令花儿不时睁开鲜丽的明眸，细细流连这一张张天真稚气的笑脸；绿叶也在频频招手，呼唤着爱与温馨的到来；就是春风里柳梢头的小鸟，也莺歌燕舞地剪辑着天空，翩翩翱翔，并不时地欢唱……

一年之计在于春。这是一个播种的季节，一个个快乐的小书包，都挂满沉甸甸的种子，沉甸甸的希望，告别家园温馨的港湾，走进乍暖还寒的校园，走进一个充满希望的世界。

这也是一个美丽的季节，春姑娘赶在季候的前面，争相穿上了绚丽的衣裳。桃花开了，梅花开了，迎春花开了，白玉兰、蝴蝶兰、金盏菊、郁金香也全都开了……如此花开的声音与书包的朗朗鲜丽，书声的琅琅配合，成了鲜亮亮明艳艳春日的舞台，并和谐地装帧春天美丽的封面，点缀着校园宜人的扉页。

二

这颜色各异，形态万千，装饰富丽，构思奇特的书包，寄托了每一个温暖的家，每一位严父慈母的仁慈与厚爱。有肩背式，肩负着对未来的远大理想和抱负；有拖拉式，洋溢着对今日与明日的无限憧憬和希望。可别

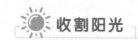

小瞧这一颗颗稚嫩可爱的童心，那一路直挂云帆的书包场景，大有一份份雄心济沧海的昂扬壮志！

背着书包，走进宽敞明亮的教室，走进第二个"家"的温馨，灿然的笑靥便开始绽放在所有稚气可爱的脸颊，看一颗颗火红的心又开始了新的征程！书包也成了她们辛勤耕耘的一处美妙静地，一块愉悦的乐土。这里，有她们的汗水，有她们的歌声，有她们载歌载舞的一架架愉悦的天梯！

三

赶走了春寒料峭的最后一丝寒意，校园又渐渐融入一个崭新的时节，这里清凉、静谧，是远离浮华与喧嚣的一块净地，而童心的靓丽与朝气也开始在校园的天空下尽情摇曳。此时此刻的书包，也在渐渐长大，长大成琅琅的书声，和不含杂质的自由、快乐而清新的歌声。

哦，于明亮的灯光下，于三尺讲坛前，在那块黝黑的沃土里，书包成了人人不离不弃的最佳伴侣，并日日相随左右。她在仔细地观赏你——如何从这一书山学海的季节里，播下春日里最饱满的一颗，并精心耕耘，收获沉甸甸的金秋，再用你不断成长的心和臂，拾起一枚枚金色的贝壳，去装点你的明日，你的未来，从而演绎人生的所有华彩乐章。

心　愿

一

　　每当踏着晨光走进美丽的校园，心中便涌起无尽的激情和向往——那一根根充满灵性的粉笔啊，正日日搭起一级级华美的台阶，引导孩子们一步步走向知识的殿堂。

　　课室里，教鞭飞舞，书声琅琅，红领巾正飞扬着对未来的希望；乐房中，琴声回荡，歌声阵阵，一只只荷满风帆的小船，正在这里积蓄力量，准备远航；操场上，哨声清亮，步伐整齐，孩子们正满怀信心，走向明天，走向未来……

　　是的，人应该有梦想，有理想。梦想是动力的源泉，理想是创造的翅膀。只有勤奋创新，知难进取，奋发向上，才能看到美丽的前程，美好的未来。

　　于此缤纷的家园里，我愿是一泓甘泉，滋润万亩良田；我愿是一缕春风，吹开桃李满园。并时时让花儿竞相开放，让鸟儿展翅翱翔。

二

　　学为人师，行为世范，我愿做绿叶，成为护花使者。日日夜夜乐为人梯，去时时刻刻衬托鲜花的娇艳，润物无声，与世无争地默默奉献。不求流芳千古，但求春播是为了夏长，磨镰是为了秋获！所以，务实且一步一履在圣洁的讲坛上做无私地耕耘，才是为师者的一种品格，一种力量，一

种理想。

有人说，老师是明亮的烛光，燃烧自己，释放光芒；老师是坚实的翅膀，让学子在太空翱翔；老师是知识的奠基者，能构筑人才大厦高万丈；也有人说，师恩如山，因为高山巍峨雄峻，使人敬佩，使人敬仰。但我最想说的是——师如人梯，能让求知者踩着智慧的肩膀，不断向上攀，这才是一种品行，一种秉性，一种力量的传承！

因为，我们的老师，在用人类最崇高的感情——"爱"，在播种春天，播种理想，播种未来……

三

哦，用语言开垦，用粉笔耕耘，用汗水浇灌，用心血滋润。这就是我们辛勤园丁的最无私奉献。

所以，不负"园丁"这个光彩的字眼，将一颗颗璀灿的星辰，悬在心中，才是我们最高的目标和最终的希望。

鹤发银丝映日月，丹心热血沃新花——我愿以最真诚的心，用火一般的感情，温暖每一个学生的心房；用雨一般的言语，润泽每一个稚嫩的思想。让每一分光，每一分热，天天普照大地，也让花儿争相开放，让禾苗苗壮成长！

红领巾

一

鲜红、博大、灿烂辉煌，是你的本质；幸福、欢乐、无限荣光，是你的骄傲；奋发、进取、积极向上，是你的品格。你是五星红旗最鲜艳的一角，是雄鸡版图上最活跃的一个音符！

铜号铮铮，奏鸣少年奋进号角；烈焰熊熊，点燃先辈殷切期待。这里有华夏民族明晰的印记，有革命先烈殷殷的热血，更有民族不屈灵魂的一步步崛起！

兵马俑的操练声，仍在史书里震荡，你把长风牵引的一片朝霞，映在旭日喷薄的大海上；汉时关的烽火，还绵延着民族不屈记忆，你就将共和国最鲜红的一角，托付沉着、勇敢而坚强的新一代！

二

只要系上你，红色的意义依然鲜亮。暖到心房，美到颈项，纯至胸前。眼前——仿佛红旗漫卷的西风，正穿越二万五千里征程；浩浩荡荡的百团征战，正血洗甲午风云的耻辱；以及百万雄师过大江隆隆炮火的动人场面……

只要系上你，火红的胸膛，就能迸发激悦的心声；铿锵的步伐，就能迈出前进的乐章。即便是——贫瘠的土地、干涸的荒漠、盐碱的沙滩、高寒的雪原，也同样飞扬着红领巾的色彩和意义！

——因为，你是共和国旗帜下，最纯洁的土地，最鲜艳的花朵，最美好的未来！

三

在红领巾的陪伴下，有一种激情、一种感慨、一种自豪，便会在心中油然而生。那是因为——此时此刻，我的眼前似乎总浮现千千万万革命先烈的身影：有虎门硝烟的壮举；有泸定铁索的豪迈不屈；有延安窑洞的艰苦卓绝；更有辽沈、淮海、平津的秋风扫落叶……

呵，看日日雀跃的红领巾，正以春的葱茏，夏的娇艳，装点祖国美丽的家园；并以秋的殷实，冬的严整，描绘民族未来的征程。她如一轮冉冉的旭日，让少年中国，从古老的摇篮里喷薄而出；更似长江黄河奔涌的脉搏，让华夏民族巍然屹立于世界民族之林！

师生情

一

曾经的风雨，仿佛就在昨天；曾经的言语，仍铭记于心。是您的无私奉献，您的谆谆教诲，早化作春泥，融入我的心田，我五彩缤纷的精神与世界里。

护花使者的您哪——我心中永不落的太阳！倘若没有您的光芒，哪有我彩虹的出现；倘若没有您的春播，哪有我秋获的开镰；倘若没有您一步一履细心地指引，哪有我正确的人生航标，去开启知识与智慧的大门。

以爱动其情，以严导其行，以诚换其心，以志树其人。是您的师爱，如冬日里的小阳春，在孜孜不倦地唤醒一棵棵稚嫩的小幼苗；是您的师严，如夏日里的烈日，让我们深感这涓涓的小溪，这滔滔的江河，这溶溶的大集体里，有了春的芬芳，夏的清凉……

二

有一种回忆，叫纯真；有一种追求，叫爱慕。从童稚到少年，从年少到青春，"老师"这一美丽的字眼，都是我内心最清澈的甘泉，我心中最亮丽的北斗。她无时不刻总在我的心，我的脑海呈现，以致总幻想哪一天也能走上讲坛，用我滔滔的心语，沐浴一双双求知的眼睛；用我暖暖的爱心，抚慰一颗颗美丽的心灵。

而今，梦想成为了现实，却深感责任重大和道路崎岖。或许这才是真

正的职责所在，如夸父托起一片蔚蓝的天空走向世界，我托举一方美丽的殿堂，走向我圣洁的讲坛。

三

为爱而付出，为情而牵挂，为职责而默默耕耘。数十载春秋，沧桑折皱出一垄垄美丽的诗行，虽然摧老了我的容颜，却磨砺了几多睿智和深沉；虽然平润了我的棱角，却铸就了不少淡然与洒脱。

于今，少年不再，青春逝去，华美的韶华总存留久久的记忆。每每师生久别重逢，心还是那么近，情还是那么浓，笑还是那么甜，话还是那么亲。啊，所有的思念都能穿越时光的隧道，经受人生的重重洗礼，成为浓浓、永恒而永不褪色的——师生情。

教鞭心曲

一

三尺讲坛，我轻轻挥舞教鞭，知识便如鸽般放飞。一点点，一滴滴，她飞越了高山，飞越了丛林，飞到了杏林园。这里，有我满腔的希望，在热血沸腾；这里，有我殷殷的托付，在生根发芽。

再不见干涸的荒漠，再不见枯竭的幼苗。有的——只是枝繁叶茂，只是花红果硕。

从匆匆地来，到孜孜地指点，直至不知疲倦地挥舞。寸尺之躯的你呵，一如指点江山，在指点人生与知识的迷津，也让一颗颗童稚的心，时时敞开心灵的窗扉。

二

三尺讲坛，我轻轻挥舞教鞭，理想便如鸽般放飞。一轮轮，如是冉冉的旭日，灿烂又辉煌；一枚枚，更像闪烁的星辰，清澈而明亮。她穿越了座座高山，穿越了层层云雾，飞到了美丽的天际，放射出耀眼的光芒，并让梦想与现实相连，成为一种渴望，一种向往，一种追求。

所以，理想是前进的目标，是毅力的源泉。理想能给人启迪，使人奋起，让人激昂！也只有有理想的人，才能一步一履迈开新的步伐……

我的理想于我挥舞的教鞭，正日日题写美丽的春秋；也让一枚枚童稚的心，实现春播、夏长与秋获，这才是我最美的言辞和最终的选择！

三

三尺讲坛，我轻轻挥舞教鞭，智慧便如鸽般放飞。她飞过了江河，飞过了原野，飞过了大海，用自己最圣洁的灵魂，创造了无限美丽的空间，使人生日渐丰满，并硕果累累。

面对黑板漆黑的夜空，教鞭划过，如流星般地——让粉笔播下的金色种子，生根、发芽，并渐渐枝繁叶茂、硕果累累。

哦，我真挚的情感，于美的瞬间迸发，是讲坛下智慧的火花的突然闪现！

挥舞教鞭，我激情如鸽般放飞，正日日题写美丽的诗行，亮丽的人生！

驻足校园

一

　　时间如流沙般，每晨稍一捧起，就从指缝间悄悄溜走。青春飞翼的马车，也稍一不留神，便疾驰过了春的驿站，夏的码头。让我还来不及回首，就泪眼潸潸了……

　　驻足校园，我在无数消失的足迹中，竟发现我昔日春的影子：小湖畔琅琅的书声，仿佛还在耳际；秋日里满地的落黄，是否还能殷红我往日矫捷的影子；就是地底下的蚯蚓，也似乎在声声吟咏我甜甜的名字……

　　哦，于如此伤感的季候里，漫步校园，若有若无的酸甜苦辣，总蛰伏在空气的每一个角落，忽明忽闪的，只等某个不经意的瞬间，一下就钻进你融融的心里，留下无法言语的心伤。哦，我如诗如画的青春岁月哪，日子怎么就这么快消逝了？

二

　　曾经的花季少年，曾经的青春岁月。这里每一处，每一点，都曾留下我的足迹，我的影子。月影婆娑的柳荫下，有几多爱的情影，恍恍惚惚，喁喁私语；星光折射的小湖畔，有多少流连的情侣，来来回回，切切言欢；在一大片一大片枫林中，更有漫步言谈的同窗好友，在把情谊——点点又滴滴酝酿和升华。

　　驻足校园，这里依是如此令人神往。一场秋雨过后，似一处处涤洗过

的画廊，是那么逼真，那么清亮，那么传神……不同的只是——她比先前明艳了许多，也清朗了不少。树，长高了、葱茏了；花，更鲜、更丽、更艳了；小道，也幽幽地、幽幽地传向了远方……

三

驻足校园，倘若这时斜依大树，或独坐湖畔，闭目沉思，再打开记忆的扉页，你会发现，往事便如一册鲜丽的小诗，每一首，每一句，都是那么脍炙，那么清鲜而朗朗上口……就是未完成老师布置的作业，被狠批了一阵，也是件十分快乐的事。

——可不是，平淡无味的人生也是杯苦酒。

如今，一晃二十几个春秋了，我才发现这漫漫的人生路，亦如这校园长长的小道，虽清爽幽幽，却也坎坎坷坷、弯弯曲曲的。所以回忆也就成了一桩快事，一件罕事，一种美谈，并常于心中出现、梦中闪现，且时时杯入泪汪汪的思忆里……

铃声响后

一

铃声响后，鱼儿悠游水底，圆柔情佳梦；鸟儿飞临柳梢头，品翠绿美景。这鲜花点缀的乐园哪，晨光还来不及普照，粉笔人生就在那块黑色的土地上辛勤耕耘。

多少饥渴的目光，灿若星辰，熠熠生辉；多少荒漠的心田，急待滋润，渴盼绿洲。这玉石铺就的领地呵，没有墙外浊流，没有世俗的卑微，琅琅的书声里，有五千文明的传承。随着那轮冉冉的红日逐渐升高，树上也渐渐宁静了下来……

二

铃声响后，彩色的粉笔，在开辟一块肥沃的土地；智慧的火花，正一次次点燃璀璨的夜空。

面对一张张稚嫩的脸，教鞭挥洒中，也开始了春播、夏长和秋获；捧一册娟丽的小诗，古道西风瘦马便纷至沓来……

哦，是我们辛勤的园丁哪，为一炷通红的烛火，一方灿然的天地，日日甘当黑夜光明的使者！

三

铃声响后，智慧的火花，在一步一履中，渐渐铸就。是我们人类灵魂

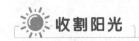

的工程师，宁以血和泪，书写人生，也不用平淡无味的水，吟咏无聊的歌。他们在夜黑风高的艰辛里——以执著去跋涉，用勇气去追求，让博大去享受从容……

于此充满爱和温馨的世界里，多少破壳的雏鸟要展翅飞翔；多少含苞的蓓蕾要迎风绽放；就是春日的小草也要拱破泥层，郁郁在阳光下。

哦，有春光的爱抚，就有万物的复苏；有金阳的普照，就有大地的回春！

四

铃声响后，放飞金色的太阳，放飞金色的梦想，放飞金色的希望。当鲜艳的红领巾，长成蓝天的翅膀；破土的小草，绘就满园绿色的画卷；春播的禾苗，葱茏成夏的美丽，秋的收获。所有沉甸甸的故事，也就在了眼前！

铃声响后，春日的校园很鲜、很美、很迷人！因为流水的岁月，总畅游着——无数欢乐的鱼和歌……

春日的校园

一

春日，阳光格外的明媚、和煦而灿烂。我落叶般的脚步，轻轻地，又如清泉碧水般，很有韵致地，来到这曾经让我流连，眷恋，而又充满向往与憧憬的校园。

即便我是如何的小心翼翼，校园西侧的老榕树上，众鸟已叽叽喳喳地叫个不停，我走近一看，榕梢头的几只燕翅正扑腾着翩翩起舞。哦，这当真成那幅"鸟的天堂"，随着上课的铃声一响——"树上就变得热闹了，到处都是鸟声，到处都是鸟影。"看此情景，我不得不折服于巴老先生对自然的描摹是如此的贴切与现实！

随着那轮冉冉的红日逐渐升高，树上也渐渐宁静了下来……

二

如此美丽、幽雅、祥和的校园，真真仿若一不小心，就落入了陶氏田园风景，去和李白斟酒吟诗，跟易安诗情和词。此时，众鸟高飞尽的榕树梢，只有知知的蝉鸣，愈发显了校园的空旷与宁静。那声音也成了楼上老师们精心授课的一种配角，一味调料，一面背景。身居其中的我，也仿佛成了画中人，不由得让你一下子返老还童于坐在课桌前细心聆听老师讲课，耳畔又响起远方知知的蝉鸣和鸟叫……那是多惬意而美妙的时光，多幸福又快乐的日子。然而，这一切虽仿佛就在昨天，却又消失于那遥不可

及的岁月。只可临摹，无法复制。

金阳早已普照整座校园，那一片片绿草如茵的甘露，也开始熠熠生辉，折射出红的，黄的，金的，蓝的，紫的光芒，又于微风的轻轻摇曳中，更是金光四射，五彩缤纷，斑斓着整块整块异彩纷呈的草坪和花圃，而教室与学生宿舍的玻璃也不示弱，也让金阳普照的光芒返投至这一大丛一大丛的花草树木上，让你仿佛一下子就置身于金碧辉煌的琼楼玉宇了……

哦，那一道红地毯似的跑道，可是一条通天的幽径？要不，怎么会有那么多稚嫩的童心喜欢它；那一块新型的篮球场，当真会有一场场愉悦的龙狮乐？要不然，如何会吸引那么多娃娃前来品尝或驻足观看？

三

如此宁静、和谐、安详的校园，如一首首最精美的现代诗，虽吟咏在今朝今夕，却时时跨越了时空的距离，意象成一曲曲旷远幽深的唐宋小诗或词曲，让你不由得流连忘返，回眸再细细品尝一番。

校园拾穗

我等求学于闽南，候鸟一只只栖落龙师校园。

龙师校美。一汪碧湖一架小桥；一片仙景，歌乐一群群美女；几处亭台楼阁依湖而起，数座假山石凳凭栏而落；更有湖畔琴声悦耳，树旁书声琅琅，花下裙飘窃窃私语……于此攻读圣贤，若不是铁栅外仍有车马来回喧嚣，商号卖家吆喝连连，真真恍若陶氏田园风景。

众童生蜗居旧楼，雅号"七一"校舍。旧楼青砖古瓦，苔藓剥落，为少男天地。旧楼背面，是一幢花团锦簇，莺歌燕舞，直逼云霄的八层大楼，即便九天揽月亦能歌舞升平的每套闺房，窗帘和床围也是十足的艳丽，此为淑女天下，曰"新楼"。

新楼美女如云，天天"鲜花"上下游弋，灿然盛开，那风景日日装点老爷楼后窗，也不时点缀着我们的明眸，我等心扉，并时时摇曳在夜夜仙景般的梦云里。

开学伊始，校园一派欢腾。我辈围坐308，泡一壶清茶，燃一根香烟。大侃各处风光如何旖旎秀丽；山灵水秀如何造化美女……一番庆幸之后，大肆卧床呼呼睡去，只是忘了先贤遗下的几许训言："路漫漫其修远兮""学而时习之，不亦说乎？""千里之行，始于足下"……

首堂《文选》课，老先生一席教诲数得各路豪杰一无是处："师范不是'吃饭'，高分低能方显诸位英雄本色！我的学生——要站着能说，坐下能写！"老先生完了，置一篇当堂大作，题曰：《当我接到录取通知书时》，即愤愤然，点一支烟，头也不回地，转身匆匆离去……

刹那间，课室104条好汉与淑贤，顿作鸦雀惊鸿，目瞪口呆——今个当真撞上黑脸金刚不成？一番惊悸又一番悔悟，面对白纸黑字，蓦然回首：三尺讲坛何等艰辛，几许银俸更不抵一日三餐！如今一纸《通知》怎不令人激动满怀？于是，个个才思敏捷唰唰杀将开来……大伙仅用一小节功夫，便完成老先生苦心营造一夜的任务，等铃声再响时，笑容便朵朵绽放在所有同窗春日的满山红里了。可万万没想到，老先生翌日讲评，愤愤拍案大喝一声：

"语文基础太糟，统统不及格！"

终日躲在学府，除了攻读文理及专业课程，余下的日子千般无聊万般孤寂，便有好事者提起饭盒大敲大擂大喊："新楼410，电话！电话……"一时弄得女生们个个神不附舍，慌里慌忙爬出闺阁寻这寻那。末了，难免又惊叹一声"狼来了"就又缩了回去；每每这时，男生们则隔岸观火大肆狂欢乐成一团。如此这般节假日，我则痴恋着床板放任"死"他一天，尔后挑灯夜战，伏案大书彩云逐月之类的陈词滥调。要不，就提起笔来写几份家书，诉说思念如何缠绵，校纪如何严厉，课业又如何紧张……再用几毛邮资打发家去，便觉一身轻松了许多……

如今，学成业就，一晃二十多个春秋了。诸多事端也总时时涌据多寡的心头：站了这山望那山；爬到了屋顶方知梯子搭错了墙；春日里的溪水当否也走错的方向；步入"歧途"也不知是否是自己的心愿……于是，只好以阿Q精神自慰，人道是："大道通天，行行出状元"——这该不是小学生作文本上的泛泛其词？

哦，人的一生不在乎怎么轰轰烈烈，而在于默默无闻奉献多少光和热，您说呢？

光阴如梭

童　年

一

一如种子的破土发芽，总是那么鲜嫩，那么青翠，没有半点杂质和污垢。又似雨后的蓓蕾，总是那么鲜活，富有朝气，以绽然开放的一面，迎着朝阳，喷薄沁人的馨香。

如果说青春是创业的开始，是播种、耕耘与收获的过程。那么，童年就是筑梦的时辰，是创造梦想的时节。

我童年的梦想，花一样五彩缤纷，总筑在我遥遥童年的山山水水。然而，一半是山一半是水的童年，怎么这么快就消失了呢？

二

重返青石板长长的雨巷，重返那赤着小脚丫儿走也走不尽的快乐。用老视昏镜细细瞧着甜甜的娃娃，再仔细聆听久远沙沙的雨声，檐角嘀嘀嗒嗒花开的声音……有时，总傻傻地想着——来年，我的幸福和快乐还会在这里生根发芽，我的小花红雨伞还会走过一段迷迷离离美丽的雨季。

还是那株火红的石榴，也不见有长高长胖。可牛背上的牧笛悠悠，偷采石榴的娃娃，怎么一下子就不见了？同是那眼清澈的小池，依然清淙着数十年前的水花，跳着记忆中的鱼儿，可打着小灯笼水中捞月，日日充满富丽幻想的那位小男孩，又哪里去了？

我不禁恍恍然，又醉醺醺的。是时光盗走了我生命中的春天，还是我

把她丢在了人生的路旁？如此想着，满头的华发又银白了数十根，便愈发地泪潸潸而又无言以对了。

三

童年，就这样悄悄地消逝了。在山的尽头，在水的那边。不，在我寂寞的心底，我埋葬了我的童年。

由此，感觉童年是如此的短暂，像颗流星，连半个弧光也不画一下，就瞬间消失于人生的旅程。

如今，只能点点滴滴地收集——花自落下的美丽与馨香，再细细回味那灿烂、纯真、可爱的年华。

因为，童年是一本书，记录着我们花艳时的喜怒哀乐；童年是一幅画，画里有我们五彩斑斓的瞬间；童年更是一杯上好的茶，细品之后总留淡淡的清香和苦涩。

青　春

一

时光载着流水，波光粼粼。一叶生命的小舟，从春到夏，只是一个季节的更替。

保持一种蔚蓝的梦想，似一只搏击长空的雄鹰，在把辽阔的大地俯瞰；又如茵茵的草地，骏马奔驰的一次伟大壮举。

心胸的辽远与坦荡，就是那轮千万载的明月，也能高挂成一枚灯盏，照亮前方的所有旅程。即便路遇千难万险的坎坷与崎岖，顺手摘朵素洁的白云，也能擦干所有的泪痕。

哦——青春，是首永不言败的歌；青春，是条奔流不息的河流；青春，是本百读不厌的书。

二

永恒的求索，在于永恒的追求，永恒的追求筑就了我火热的夏。自那一方沃土渐渐吐露生机，犁铧的坦荡也开始耕耘我生命的土地。从播种到秋获是一个美丽的过程，一个奋发与崛起的过程。

这是人生长河飞沙逐浪的时光，似一叶横跨激流的小舟，在把如诗的青春一次次吟咏。这是人生最美的一束鲜花，总摇曳在生命最火热的土地。青春是一首铿锵有力的诗，即使流泪吟咏，也会溅亮秋日的眼睛。所以，珍惜青春，就是珍惜人生最美好的时光；也只有珍惜青春，才能点亮

美好的未来。

三

回首逝去的年华，青春就像几片薄薄的纸。所有如诗如画的青春岁月，仿佛就在昨天。这生命的列车哪，怎那么快就驶离了我青春的站台，我还来不及让时间检一下票，就懵懵懂懂地到了下一站。

夜夜望着天堂的门口，看哪一颗耀眼的星辰才是我。可搜寻了所有的天堂路，也看不到我的那枚黯然的星光。

我只好低下头来，抚摸所有生锈的日子，再直视所有花草树木。啊，我的青春——原来就藏在郁郁葱葱的记忆里，虽已成落叶殷红的秋，却仍艳过所有美丽的季节。

哦，告别青春，我又进入了另一个新的春天。

人到中年

一

一跨入中年的门槛，蓦然回首，才深感时光的流逝竟如此之快，似一枚流星，刚刚还耀眼在朗朗的天际，乍一下子就不见了？

仿佛昨日的青春树，还挂满葱茏的绿叶——理想、前程与奋斗目标。今晨怎么就濒临了落叶殷红的秋？

是我把时光偷偷掖着，深藏岁月的小巷；还是光阴的小刀，悄悄割去了我生命的年华？然而，时间的洪荒早筑就了我额上的沟沟坎坎，这是不争的事实！

二

朝湖作镜，面对青丝夹藏的缕缕白发。曾几何时，我怎就把那轮对月梳妆的明镜，遗失在了哪个角落？以致让时间连个招呼都不打，就从我的发间，额纹里悄悄溜走……

人到中年，于绮梦与现实之间，再无花季可言。朝夕里似乎只有柴米油盐，也再无其他美丽的幻想。

面对日益长胖的季节，总有淡淡的忧伤和淡淡的苦痛。那童年里的纯真，少年里的轻狂，早就埋在了久远的岁月。

然而，人到中年，却是一个季节的大变迁，思想的大跨越。如候鸟迁徙般，历经了千辛万险，飞越了漫漫的征程，渐渐走了过来。她似成熟的

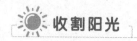

秋，遗弃了春的幼稚，淡化了夏的冲动，拒绝了冬的寂寥，成为一生中最美丽而成熟的季节。

三

人到中年，涣散而浑浊的目光已渐渐淡然，不再追星捧月，不再好高骛远，也不再激越冲动。只喜静静地品文阅世，以求身心的宁静和致远。

人到中年，对世态的炎凉，世间的陈杂，世人的烦琐，也会一笑置之，以宽广的胸襟，宽容的心态，谅解他人的闲言碎语和不满无知；以端庄的情怀，缜密的心思，理顺所有不公与不平。

人到中年，也会渐渐明了——只有用行动替代如风的言语，才是最可行、最有效的办法。以睿智和沉着的举手投足，才能赢得沁人心脾的儒雅风度和高大伟岸。

人到中年，虽然岁月割去了人生的大好时光，可也是个秋高气爽的收获季节，会让你体会到汗水的真正价值和生命付出的意义。

所以，人到中年——很累，很心伤；也很甜，很美丽。

回首往事

一

匆匆之间，稍一回眸，那条早已没入梦中视线的小道，又杂草丛生，荆棘遍野。朵朵野花还挂满我晶莹感伤的泪露，时光——这一稍纵即逝的淑女，即于我喜怒哀乐的每一个码头，每一个站口，每一处亭台，向我频频招手，向我闪诉内心的无限激情，以及昨日与今晨的所有欢愉和伤痛。而足下的一根根常春藤也正勃勃生机地漫延开来，并悄悄，悄悄地爬上我年轮的台阶，不断地向远方延伸着，延伸着……

我只想稍闭一下眼，让晚归的候鸟，在头上方划一道绚丽光彩的弧线，再啼一声声美丽的祝福。可稍纵之间，春夏就匆匆而过了，四周霜染的枫叶，早把我的青丝染成了银发。就是前额的沟沟坎坎，也如洪发逝水般，缕缕让岁月之水，时光的风帆占据了我的所有分分秒秒。

二

当一个人，把所有的托付都交予命运之路时，我们只好寄希望于明日的冉冉之中，期盼那一枚亮丽而灿烂的金盘，能普照人生前行的一切。而当夜深人静，仰望满天的繁星，再细细回眸，我才恍然大悟，终于明白——岁月这驾马车是何等的无情和无助！它的车轮竟不知不觉就碾上我的前额，我的双腮，就是那渐渐舒展开来的鱼尾纹，也不断随风摇曳……暮鼓凡响，朝湖作镜，又怎不让我潸潸而泣，簌簌而泪下？

光阴流逝如此之快，就是在明媚的阳光下，在朗朗的日子里，也深感如逝水般有去无回。当你还在思量今日的行程时，它就从你的指缝间悄悄滑过；当你还在梦里装点你可爱的人儿时，它就从你的眼前，你的梦中，悄无声息地消逝……

三

回首人生，亦能生出几多无端的伤感，无奈的伤痛。半辈生涯是如此的飞逝，它恍若昨日，又似今晨，半是欢愉，半是心伤。而最是欢愉未尽，又总是伤痛入骨，椎心泣血。如花儿未及开放，即覆上冰寒的雪冻；溪水未及欢畅，即结上冰凌的激花；更似一曲欢歌犹由未尽，花儿就已凋谢，情人就已走开……

然而，往事当或也有许多值得回忆，值得留恋东西，但我只想回首望一望，再细心掇起那一枚最亮丽、最殷红、最完整的叶子，并细细夹藏书中，心中……

——因为有许多往事，如今虽已不愿回首，却很值得珍藏；虽不想吐露，但恒久难以忘怀！

四

啊，回首瞧一眼那早已伸入梦乡的不归路吧，许多命中注定必须跨过的江河险滩，必须逾越的悬崖绝壁，又有几多欢乐几多愁，几多愉悦几多伤痛？如今，就让它成为我永恒的记忆，不朽的风景，我还是赶紧筹划明日的行程，再背起行囊，紧走我的人生之旅吧。

时　间

一

匆匆，如江水滔滔而过，再怎么抓，也扯不住她的衣襟，她的手。我还来不及浏览霞光的丰富多彩，变化多端，那轮旭日就冉冉跃上了山头，像一位稚气可爱的娃娃，一跃就离开了母亲的怀抱，在把云霓透射，将大地普照，呈光彩夺目，气象万千的世界。

那枚忽隐忽现的启明星，也瞬间消失了踪影，不知是沉入了水底，还是蕴藏于蓝天的哪个角落。我总感生命的春秋，是如此匆忙而短暂。昨日还在妈妈的怀里咿咿呀呀地唱着歌，如今就成了鬓发斑白，蹒跚的老人。仿佛所有的往事，都成了梦里岁月，只留斑斑驳驳的记忆倩影，再无法重新拾起——往日里的所有写真。

往事如风般一晃而过，我刚刚还在闭眼的瞬间，天就放亮了。也没等我吃饱一顿饭的工夫，时间又悄悄地从指缝间溜过，从眼前消逝，仿佛骨子里哪一处都是空荡荡的，呈一个架空的隐形体，让这无形无影的东西，随时都能穿得透，滑得过。就是钟表上的针尖，倘若没有轴的牵引，也会跳出钟轴之外，时间的范畴，消失苍茫的夜空……

二

为此，我常把白日里的光阴重新剪裁，制作成夜夜精心耕耘的一块块方地。让蛰伏的思想沉眠连绵的遐想中，让灵感的小鹿重新跳跃，再用时

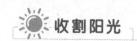

间的所有边边角角，去修补我八小时以外的趣味人生，实现我生命的价值，人生最美好的愿望。

是的，你不珍惜时间，时间也不会珍爱你，这是一个千真万确的事实。从童年光阴的虚度，到青春沉埋爱的旅程，爱的浪漫；从一句谎言也构不成一个崭新的事实，到南辕北辙的白白浪费……所有这一切，都是一种时间的浪费。因为时间，只走自己的路，哪理得了你的不言不语，你的不闻不问。而当你把明日的事，拿来今天做时，时间的天平，也会悄悄折向你这一端。

三

时间过得飞快，让我深感青丝是如此的幸福、快乐和美妙。如今，面对岁月的沧桑，就是鱼尾纹慢慢爬上了鬓角，前额也缕缕有了沟沟坎坎，当该也有段光阴的时距，让你发辉生命中的余热。如似黄昏的落日，即便就要消失了，也要散发出所有的光和热……所以，把握住时间的分分秒秒，就把握住了生命的点点滴滴。

花有重开日，人无再少年。倘若你也似枚冉冉的旭日，不妨也珍惜一下旭日东升的美丽与日照中天的火热。因为——只有时时和时间赛跑的人，才能更好地利用时间，珍爱生命，把握人生，成为最后的赢家，最终的幸福者。

日　子

一

日子，如一匹脱缰的野马，放任不羁地从眼前，从身后，从我一闭眼的瞬间，不停地奔放而过。也把我墙上的日历一页页掀翻，呈萧萧秋日里，叶落纷飞的一片片梧桐叶……

那一丛丛瘦秋草，那一片片殷红的秋叶，正日日题写飘摇纷飞的秋凉，冬眠的蛙鼓也渐渐冷寂了下来。仿佛所有的日子都挂上了遥遥的天际。

生命的列车，还没抵达秋的驿站，一场场凛冽和冬寒就扑面而来。霜染的两鬓，缕缕的前额，让生命中所有的日子像列急驰的列车，一出始台，就没有了靠点，没有了终点，有的只是一路飞奔。更似一枚出膛的子弹，只有快速地前行，去寻找目标和靶心。

二

这时间的飞车怎么就如此之快？那小泥鳅般整日捏泥人玩家家的小男孩，到底哪里去了？那上课总爱趴桌子流口水的小睡虫，是不是迷失了人生的方向？还是，仍在梦的世界里，描摹一幅幅美丽的童话写真？所有的这一切，仿佛就在昨日，却又遥遥消失于春日的百花盛开里了，即便是南归的候鸟，也难找到往年栖息的柳梢头。

是的，就是候鸟的迁徙，昨日与今天也是不同一条路线。更何况所有的江河，从没有倒流的时候。赶着朝阳望断夕日，日子——就这样一天天

驶离了春的播种与夏的火热，虽然还远未到日落西山的悲壮，但我总感生命的恍惚是如此匆匆，似一伸手，就能触摸到落叶飘零的秋，以及凛冽的冬寒。

三

为此，我只好，只好把日子不断地拉伸延长，用一倍的心力去做两倍的事，用一程的足气去走两倍的行程，如此不断题写我生命的华彩乐章。而当日子渐渐融入我额上的沟沟坎坎，我又不得不加倍珍惜我的生命，让生命和力量，以及时间，做一回回长距离的赛跑。即便知道——无论你如何珍惜时间，珍爱生命，也无法跑赢日子。但只要有努力，你就成最后的赢家，最终的成功者。

因为——日子是无形的，她体现于你的所有生命中；而你是有血，有心跳的，所有的日子也在你的掌控之中。

岁　月

一

岁月，这把时光的钥匙，于每个人的生命中，都要打开一扇最原始的扉页，以最美的意象，最美的图腾，展现在世人面前，如娃娃坠地般，于世间的第一声哭泣，就打下了深深的烙印。因为，时光会在我们毫无觉察的瞬间，毫无防备的间隙里，从身边悄悄溜走，从眼角一闭眼的瞬息里，慢慢滑落。

当我们醒来时，发现时光已悄然远去，欲转身再抓时，她已不见了踪影。这时，就着昨日逝去的水和今日的镜子一照，才发现——那是一张略显沧桑的容颜，再也找不回往日的水中月，镜中像。此时的沧桑岁月，已在你的前额和双腮烙下了或浓或淡的缕缕印痕。

二

为此，我常在春日的古渡口，苦苦寻找我青春的时光，希望她能在我生命树上，结下一枚枚殷实的硕果，谱就一段段美好的乐章。然而，即便我是如何地望断天涯，她还是迟迟没有出现。

面对川流不息的人群，听着行人疾行的脚步，我只好，只好赶着时光的步履，一任人生的重负如何沉沉压垮我的肩，也要不断前行，去尽职尽责做自己的事，让时光静静驻守我的心间，让岁月渐渐焕发青春的活力。

三

如今，面对时光的流逝，岁月的苍老。我只能更真实地珍惜今天，把握好明天，掌握好未来。如此才能更好地夺回流失的光阴，弥补荒芜的时光。让前程更坦荡，让心的一叶小舟更一帆风顺。所以，面对时光，面对岁月，人的一生不在乎怎么轰轰烈烈，而在于默默无闻奉献多少光和热。只有走自己的路，才能对得起时光和岁月，才能对得起自己的生命和人生。

岁月静好。只有静静地面对自己的人生，不辜负岁月给你的春光，静静地努力一把，你才能增添自己的生命价值，为如画的人生，添加浓墨重彩的一笔！

四

倘若你的人生，以岁月为诗，时光为画，那么"诗中有画，画中有诗"便是你生命的全部，人生的载体。再苦再累的日子对你来说，也是杯苦涩的清茶——细品之后，留有淡淡的余香。

岁月虽会老去，但也是美好的。她给旭日东升的年华一个美好的希冀；给日照中天的人，一个美好的愿望；给喷洒余晖的人，充满无数憧憬。

时　光

一

　　阳光亲吻着我的前额，很安静，很温暖，很祥和；微风轻理着我的毛发，也把我纷烦的思绪一根根梳理得十分整洁。稍一抬头，那紫燕剪辑的天空，正呢喃成一幕巨大的舞台。告别昨日冰冷的霜雪，这春日的舞步又渐渐近了，近成咫尺的两鬓斑白。

　　时光正一寸一寸地，悄悄从身边溜过，像流水般，青春已渐行渐远，带走了我几多轻狂，几多浪漫，徒留满地的沧桑和满目苍老的岁月。

　　站在岁月的彼岸，蓦然回首：山一程水一程的时光之路，是如此坎坷，如此艰辛，甚至荆棘遍地……就靠一份份勇气和坚忍不拔的力量，一步一履地走了过来。看着那征服困难的喜悦，那登高望远的雄心斗志，一种莫名的心喜，便油然而生。而今再回首，那里纵然星如雨，花千树，道似壁，路如崖，也再回不了少年时了。

二

　　这漫漫人生路，这充满痛苦与喜悦的时光之路，如今已覆上一层厚厚的霜叶，孑孑前行，脚下发出低低的呻吟，仿佛在诉说一个季节的变迁，另一个季节的即将到来。哦，不管前方是壁立千仞的悬崖绝壁，还是无人罕至的荒丘野陵，抑或是江河险滩，暗流深渊，我还将继续前行，继续走自己的人生之路，尽管这一步一履的人生之行虽痛苦，也是快乐的。也只

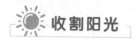

有这样，才不会出现时光未老人先衰，岁月未尽人已尽的悲剧。

浮在时光里的往事和记忆，就像河面上的涟漪，有时也会悄无声息地消失，所以，我们往往会疲于奔波，忙于应对而顾此失彼，把往日里的忧伤和苦痛抛到脑后。其实，这也不是件完美事，时光之河中的坎坎坷坷，往往是一种生活的体验，一种人生的历练，是以后避免重蹈覆辙的关键。

三

感念时光，逝者如斯夫。看几多远去风干的岁月，悠悠的时空，哪一样不让人叹息的？每一天，我们都在复制同样的生活，同样的工作，不断重复疲劳的故事，如是没有新的太阳出现，我们只能是时光的匆匆过客。而当你有了观念的改变，思想的创新，即便还不清楚明月几时有，至少也有了使舵的航向，人生未来的目标。

所以，掌握好自己的生命航程，沿着时光之河，时光之路，不断进取，这才是我们最明智的选择，最可嘉的方式，最美好的方向。哦，为不辜负一世韶华，请珍惜时光吧。

光 阴

一

风颂的恋歌，依在树梢吟咏。光阴，就从树上滑落；日子，也一下子，从春走到了秋。

那一夜，幽长的梦，仍在云雾中飘摇。即使闭着眼，也能抱住青春的年华，可一醒来，鬓发就斑白成了秋霜。

老去的光阴，真想握一下春的手，可一转身，时间就从身边晃过；日子，也悄悄从指缝间一闪即逝。

二

光阴的匆匆，似座疾驰的列车。夏的火热，还没走完，殷红的秋硕就挂满枝头，冬眠的蛙鼓，也消失得无影无踪。拾起一片纷飞的梧桐叶，装订成记忆的史册，那一坛叶落归根的情怀，便渐渐浓了起来……

生命里，那些最温暖的诗句，正节节拔高，如金阳下的高粱，渴饮一季的琼浆玉液，又开始了新的征程。而那些颓废的情节，也渐渐生发了出来，让生命的金秋，覆上皑皑的秋霜。

倘若，时间的车轮，仍不断碾过前额，碾过锈迹斑斑的岁月。独守一隅，与自己的身影为伴，也是件不容的事实。

三

光阴似箭，总飞越在我的眉际，我一闭一睁眼的瞬间。从拾起一叶叶爱的方舟，到光阴的片段渐渐遗失，有许多苦痛，如过眼烟云般，消失于遥远的岁月。面对那即将到来的艰难与险阻，也只能让云雨化彩虹般，用一架云梯，直抵生命的巅峰。

哦，也只有把时间的片段，剪辑成光阴的彩桥，光阴的足迹，才能结出生命的硕果。

四

光阴老了，所有的梦，也将渐渐老去，再没有少年的轻狂与幻想，再没有青春的壮志和抱负。所以，恬然与安静是清守光阴的基石。

光阴易逝，岁月静好。对于一个在外奔波的人来说，这是一道十分难得的人生秉持。虽然光阴的终结，尽都在一声声啼哭中归去，但行囊里的故事越多，心里的负重就越沧桑，就越难走出一个轻松、愉悦、快乐而平淡的人生。

年　华

一

时光，在一点一滴地流逝，面对满目沧桑，细细回眸色彩纷呈的童年时代，浪漫多姿的青春年代。一种怀想，一种感慨，便油然而生。

时间对于每个人来说都是公平的，每日二十四小时，没有多，也没有少，你浪费了她，就等于浪费了自己的大好年华。同样逾越了少年的门槛，青春的栅栏，逝去了自己的年华，也遗失了自己的容颜，有人以自己的韶华换来美丽的人生，美好的未来；有人却因此白白浪费了自己大好时光。

二

光阴荏苒，岁月如梭。童年的我，还是那么懵懂，像只无忧无虑的小鸟，只在自己的天空自由翱翔……然而，即便是最公正的时间，也是最无情的，她像针尖上的一滴水融入大地，即刻消失一般。我的童年与青春也在不知不觉间留在了记忆里了。所有的快乐与浪漫，所有的天真和憧憬，一晃什么都没有了。

时间过得如此之快，让人不知所措。感觉昨日里还是个玩家家的娃娃，如今就再也见不到他的踪影了。就是那枚旭日冉冉的青春年华，也锈迹斑斑地留在了时间里。于今，只能在记忆里，在梦中如美味佳肴般慢慢重温，细细品味。

有时，真想扯片风，让所余季节慢些走。可时光的流逝从不停歇，又像箭一样飞逝；有时，真想扯片雨，让所余人生停止脚步，可生命的年华却在不停地更替，青丝很快就成了白发。朝湖作镜，我不禁泪潸潸又无颜以对，甚而不敢老瞧稚气可爱的娃娃和风华正茂的少年。

三

年华似水，又如烟花般绽放。如今的我，已失去了对年华的渴盼，除了感叹流年的失去，生命里仿佛只剩下最原始的黑白。曾几何时，我是如此憧憬青春的色彩飞扬；又曾几何时，是如此向往人生的美好未来。可到头来，人生不过是一场"生离死别"的演绎，一场欢乐与哭泣的轮回。

所以，我并不惧怕，不惧怕上苍哪一天能收回我的生命，我的人生；我只希望，只希望能为我的人生，我的生命多加一把火，让我为后人多燃一份光和热。于今，每每创作之余，我就喜欢一个人静坐阳台，独守那轮明月，静静仰望那辽远的夜空，而不再潸潸泪流满面了……

四

好在，好在时间在飞逝，年华在更替，我们也在不断地成长：从童年的幼稚到少年的冲动，从青春的成熟到中年的沉着，直至如今的缜密。只要我们紧随着时间的步伐，幸运之神就属于我们。时间，就能创造出我们的生命价值，所余年华也不会再浪费，再虚度。

钟　表

一

步履总是这样匆匆，一刻不停地在跨越自己的生命线，没有驿站，没有码头，没有静止的湖海，只有无穷无尽的远方……

拿有限的生命与无限的时间相对比而言，生命显得是如此的轻微和渺小，甚而微不足道，可忽略不计。

——就着钟表上的针尖，我如此怅然地想着……

难怪，难怪青丝仿佛一夜就成了白发；红领巾时代一下子就成了墙上的泛黄多年的老挂历；咿呀学语似乎在昨天，却不见了踪影。

二

对于一个跨越中年的人来说，最想守住的不是华丽的宫殿；最想挽留的，不是金银财宝；最想回忆的，不是陈年往事。倘若生命也于钟表上的一旅一程中消失，那所有的一切，对你来说，又有什么意义呢？

虽然有些东西无法挽留，虽然有些想法不切实际。但如果能延长一段生命的时间，至少也能增加一段生命的历程，创造出一份生命的价值，生命的奇迹。就像夜空里的流星，倘若能多停留一点时间，就能多发一份光和热。

所谓"时间就是金钱"，指的是经济效益，而"时间就是生命"，指的则是人生，告诫人们要像珍爱生命一样去珍惜时间。

三

于寂静的深夜，聆听墙上钟表的声响，一如聆听生命列车的呼啸而过，从少年、青年、中年直至暮年。一路上，她不为谁增速或减速，更不为谁停歇，只一任地不断前行。然后，给你留下淡淡些微的痕迹，让你终生难忘，成为你恒久记忆……

所以，只能在你有限的时空里，在生命钟表的范围内，创造出更有价值，更有意义的人生！

四

静静地躺下来。看着秒针，分针和时针的你争我夺，我就清楚生命的春秋，正日渐逼近秋日的霜寒与冬日的雪冻。然而，从那嘀嘀嗒嗒的声声私语中，我也听到了许多催人奋进的音符，许多令人执着与鼓舞的号角，正不断激起我们——昂首阔步迈向那更美好，更幸福的明天！

哦，我日日伴随你，是我的一份份辛勤与努力；你天天陪伴我，是你的一声声激励和忠告。

惜 时 如 金

一

时间，一如碧波上行舟，我们在一路览胜的同时，时间也如一幅幅美景，舟在前行，景在后移。你在开心浏览的同时，日子也在渐渐消失。

生命中的缕缕光阴，亦如呼啸的列车，随着旅程的不断推进，离生命的终点也就越来越近了……年轻时，只知轻狂和冲动，不懂时间的重要，随着年华的不断增长，从懵懂到叛逆，从叛逆到成熟，直至如今的理性与缜密。虽是一个不断成长的过程，可大半光阴都已消逝了……

二

衣服旧了，可以再更新；钱花光了，可以再赚；就是爱情遗失了，也可以再寻找……可聪明的，你告诉我，我们的童真，我们的青春怎么一去不复还？即便用再多的金银，再多的珠宝也换不回。

虽然时间是最平凡的，但也是最珍贵的。金钱买不到她，地位留不住她，荣誉挽不回她。于有限的生命中，属于我们热闹的时间更是十分有限，她总一分一秒，稍纵即逝。

是的，只有把握好时间的人，充分利用有限的光阴，才能成为时间的主人。

三

都说时间是公平的，可匆匆里，有人在同样的时间里创造了生命的奇迹，可有人却还在那里原地踏步。是时间没有给你创造奇迹的机会吗？其实，这就涉及时间与目标的问题，倘若在同一时间里，能紧锁一个目标，并不断努力和进取，就能创造出生命的价值。相反，同样在利用时间，目标不明确或极其分散，创造出的价值也就大打折扣。

所以，时间也是名力量而勇敢的舵手，只有锁定一个正确远行的方向，才能取得最后的成功。

四

如今，过去的时间就让她过去吧，只有重新拾起今日的阳光，才能透亮你的心扉。不要让没有声音，没有影子，没有光明与黑暗的时间，从你的眼前，你的身边，再次悄悄溜走。

惜时如金，寸时如钻。把握好今天，就把握好了未来。当以后某一天，你再回首时，发现今日与明日也都同样不见了，可你的记忆树上却挂满了殷红的硕果，你会感到一种欣慰，一种满足，即便是小小的成就而没有浪费时间，也是对过去的一种补偿，一种安慰。

哦，人生能有多少时间？就让我们科学利用并好好珍惜她吧。

把握好今天

一

一晃五十多个春秋了，一万八千多个日日夜夜哪，就这样不见了。是我太奢侈了，还是时光太吝啬，总那么一眨眼间，就让我从天真无邪的童年，一下子步入了中老年人的行列。

时光飞逝如烟如尘。当你刚学会走路的时候，仿佛另一条腿，就在远远的地方等着你；当你还来不及漱口的时候，盛年已不再了，满嘴饮着饱满的西北风，说话也不太用力了。"未觉池塘春草梦，阶前梧叶已秋声。"就是朱文公喟叹光阴流逝之快，也近千年了，更甭提此诗句的深刻内涵了。

时不我待，时间在不停地流逝，这是大自然的规律，它不会因你的伟大或渺小，富贵或贫困而缱绻恻隐，或停下自己的脚步。

二

有时，总认为自己还年轻，把本该吐绿的柳梢头，也沉沉压在湖底，为一时的鱼虾之乐或浪漫而放弃阳光的明媚，和风沐浴，细雨的滋润，把本该今日完成的事"明日复明日"。

如此年复一年的企盼中，日渐衰老的是人生，是生命！当未来某一天，蓦然回首时，发现时光飞逝竟如此之快，才感到深深的脚印里，总留下些许遗憾，些许无奈，甚至不堪回首时，才发觉时间又是如此的宝贵，

而自己人生树上的果实与鬓白的银发毫不相称时，再多的椎心泣血，又有什么用呢？

三

抬头仰望，那枚冉冉的旭日，她的光芒的确让我有些悲哀——我当否又要败给了时间？然而，一番难过之后，我清醒了许多，我知道：我不可能成为这世界的主宰，但至少应该是人生剧里的主角！

是的，一天比一天少的是黑发，一天比一天多的是皱纹。岁月虽成熟了你的面孔，也在不断蚕食你的人生，你的生命。

所以，攀住时间的齿轮，不要再陷入追悔的深渊，是最好的选择和方式。把握好今天，就把握好了未来。只有时时走在时间前面的人，才能挽回失去的一片片空白。

如今，我只想把时间重新裁剪，再一点点，一片片嫁接成我梦的衣裳，去不断实现自己的人生理想和生命价值。

日　历

一

当日子殷红成枝头上的累累硕果时，墙上的日历也在渐渐飘零。如水的光阴正一浪赶超一浪，溅起满头的银发和满脸的折皱。

细数平凡的日子，时间在撕下的扉页里翻飞，飘逝。多少春夏秋冬，多少朝出晚归。面对那不同的一页页，都是从一个世界走向另一个世界。

虽然每天都在刷新纪录，虽然每天都在走向一个更高的台阶。可日子也在撕下的一声声里不断叹息，从童年的消失，到青春的飞逝，直至暮年的将至，日历成了我人生舟楫的桨，生命航行的动力。

二

几多川流的人群，走过你日日崭新的一页，虽然笑声不断，苦叹连绵，人们也都把声音和影子留在了你的背面。然后在梦里听寂寞的声响，回首白日的身影……等醒来后，还得匆忙赶走一日新的旅程。

来也匆匆，去也匆匆——成就了你的一日一月又一年一生。繁忙劳顿的人生，有时花开三十次后，春天已不属于我了。而你，还在那日日穿梭，用你一页页灵巧的手，不时攫取我的时间，我的光阴，我的人生，我的生命。

然而，对薄时间的公堂，我依然还是你的被告！

三

是的，日历是一面人生的镜子。你珍惜了时间，她就给你更多的时间；你珍爱了生命，她也同样珍爱你，会给你更长的生命；你快乐或悲伤时，她也同样给你快乐或悲伤。

哦，人生是本厚厚的日历，记录着你每日的欢乐与忧伤，收获与失去，也记录着你爱的浪漫和情的珍贵……

人生何所值？贵在过好每一天。每每撕下一页，你就会明白生命的可贵和价值，也会渐渐懂得往后页码的珍贵。所以，保存好日历的最佳方式是——珍惜每一天，并脚踏实地地过好每一天。把每一页日历都绘成人生最完美、最炫丽、最精致的图案。

自然景观

旋转的季节（组诗）

春天的预言

时间旋转季节的图案，太阳笔又在泥土上抒写种子的日记，那一声声破土的微响，擂起了一面面冬眠的蛙鼓。

春日的舞场便开始在阳光下报幕。

清晨，从柔软的草坪上归来，一路掇拾小草尖上颗颗闪烁的小太阳，然后把它精心地嵌上一首优美的小诗，缀在心间，挂在脑海。

小雨一阵一阵地，如牛羊颈铃上清脆的小令，点点滴滴又点点滴滴地，洒向远方……

春笋芽儿也冒冒失失地躲在妈妈温馨的怀抱，用鲜嫩的小嘴，咿咿呀呀地唱着《春之歌》，吟起《春之恋》。

我开始感悟生命的每一片叶子都在勃发春的气息。

我开始想象生命的每一棵树上，都能奉献丰硕的果实！

夏季的爱情

从白日的炉火中逃逸，让栩栩如生的晚风拂去一身的疲劳。

仰望闪闪烁烁的夜空，每颗星都在眸海发芽，在心际开花。

这时总有蝉声知知，在树梢追思着相思河畔茸茸的春草。

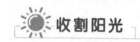

面对一则缠绵的爱情故事，我急躁地跺着双腿，不敢贸然闯进……

而小路上有具美丽动人的倩影，依依稀稀，已开始丈量爱的距离。

秋天的故事

日子追赶一群白色的天河马。在有意无意间，墙上的挂历渐渐泛出一片片柔柔的瘦秋草。纤纤的细手在风中舞着唤魂的裙裾，也召唤郁郁的绿色精灵。

燕子斜掠而过，正剪辑一片片金阳；马儿亲吻着热土；牧童悠扬的笛声，渐渐飘向远方……

有位端庄美丽的少女，手持一束喋血的野山花，自旷远而幽深的记忆里，摇曳着，渐渐向我奔来……

我在一座古老的大森林里迷失了好几个时辰，最后才从一棵大树上找到"寻人启示"——哦，我最美丽而清醇笑靥，就在我的眼前。

冬日的童话

隔着窗帘，满天是纷纷扬扬的鹅毛大雪，想象那雪国的小屋，昏黄的灯光正编织一枚枚晶莹的梦。

这童话般的世界，有位小男孩，正艰难地跋涉着。他的眼睛——荡漾着南国两潭幽幽的深湖；他的脚趾——在渴饮北国凛冽的冰雪。

我在屋子里静静地等候着……

大雪漫过了窗棂，漫过了头颅，我为这预料中的来临，燃起一把火热的地火。

迎接黎明

一

撩开夜的帷幕，撩开大地的衣襟，让金灿灿的遐想，和飘悠悠的追求，与旭日同升……

那刚就临盆的朝阳，映衬着刚刚苏醒过来的山村，也把树梢叽叽喳喳的紫燕，院子里汪汪的娃狗唤醒了过来，就是刚刚还在睡梦中的小鼠，也开始了乱蹿……

我还来不及掇拾昨夜甜甜的梦，霞光就一溜儿又一溜儿地直晃得我的两腿直发热，就是睡眼惺忪的双眸再怎么搓揉也睁不开。然而，青春崛起的毅力，还是让我把春日里播下的种子，一一唤醒。

于此百鸟争鸣、万马齐奔的岁月，只有驻守黎明的码头，为下一个站点的抵达，争得所有的分分秒秒，才能一帆风顺，并乘风破浪，最终实现自己的理想和目标。

二

迎接黎明，金鸡的啼响，唤醒家家户户一夜美好的梦。家园的暖色蓬蓬勃勃；阡陌荷锄的跫音，正收割昨夜葱葱茏茏的故事；犁铧坦坦荡荡，挥洒自如，为黑土地烫金的十月，追赶月亮，追赶太阳，追赶季节，追赶岁月的每一履步伐，以及——庄稼拔节的每一声脆响。

迎接黎明，小草饱含露珠正笑逐颜开，那草尖上的颗颗小太阳哟，开

始折射五彩的光芒；晨雾在柳絮间轻飘曼舞，像是婀娜多姿的少女，又似仙女下凡，也让叽喳的喜鹊成了她美妙的歌喉；而最厉声响彻云霄的，是那一声声老牛的哞叫，那是只有在苦苦寻觅自己子女，才具有的一种呼唤。

即便人世间的爱也是一样，所有母子与父女的亲情，日日夜夜，时时刻刻都是一种美丽而婉转的歌声……

迎接黎明，旭晖是一把柔情的手，正透过层层五彩缤纷的云霓，将昨夜的梦，用炊烟书写成完美的乡村晨景，并把它遥遥挂在山坡上、岩壁间、小溪畔……成为人人向往的最美图腾。

迎接黎明，风——扯着你的耳朵，诉说泥土的亲情：只要溶入土地，便与土地一样富有；阳光，亲吻着你的双颊，温暖着你的月岁：热血与汗水的流失，不是一种白白的付出，而是一种勤劳与献身代价，如是阳光的赠予，必将得到明月的返照！

所以，在人生的舞台上，付出与馈赠的天平，永远是均衡并等量齐观的。

三

啊，迎接黎明，敞开心扉，以最广阔的胸怀，迎接世界。为容纳百川湖海，我们正日日题写一首首辉煌的诗篇，也把每一回成就，当每一次黎明的开始。

面朝东方，迎接黎明，我们将用自己的理想和希望，书写美好的未来；以自己的青春，喜迎日照中天的那一刻！

朝 霞

一

当夜的漆黑渐渐消退，那枚启明星也悄悄隐去。东方，那处金鸡栖息的地方，临盆的朝阳，成了天地自然最灵巧的画师，仅用几笔翩翩的勾勒，便将片片白云，描摹成金的、红的、灿的、黄的、紫的五彩绮梦。

斑斓的霞，缤纷的彩衣，在朝阳中浅笑，如是春日里的映山红，在微风中轻轻摇曳。

那霞光喷薄的地方，正是朝阳孕育的所在。此时的朝日，刚露出半边脸，她就伸出千手万手，拉着缕缕霞彩，投送到你的眼前。这朝霞的无私馈赠，总让人生出许多美丽的奇思幻想，感觉那朝霞就是阳光美丽金色的女儿，是她留给人间最纯情的壁挂。

二

那红彤彤，金灿灿的万道霞光，也给大地带来了无限的生机。不仅草尖上露出了颗颗小太阳；满湖碧绿的池水，也变成红色的了；就是小河也一下子成了一条金色的彩带……

刚出厩的牛羊开始哞哞咩咩地朝着东方叫着，那里当否也有它们所期盼的绿草茵茵？哦，不，那是它们对新一日最美好的憧憬和希望。

金色的霞光，使整个大地瞬息豁然开朗。多少在迷茫中的人，也因为她的出现，而放射出人生最耀眼的光芒。

三

此时的太阳也全部露脸了，天空成了一处红色的大舞台，作为观众的我，正目不转睛地盯着那片片彩霞，霞光把天空映得瑰丽无比：像条条彩带；像层层梯田；像绵绵群山……随着云彩的游移，那多姿的形态也在不断发生变化……

朝霞的绚丽多彩，正好与初升的朝阳遥相呼应，这人间最美的景致哪，总有抹不去的梦幻味道，令我时时着迷——人的一生总是充满向往，充满希望的过程。如果朝阳意味着温暖和喷薄，那朝霞就意味着憧憬和希望。有了这美好的憧憬和希望，我们就有自己的奋斗目标，倘若再有金阳不断喷薄的精神，我们就会实现自己的理想和愿望。

哦，我爱朝阳，更喜朝霞的绚丽多姿和变化万千！

晚　霞

一

一轮西沉的余晖，不知不觉染红了半边天，也把西天化成一片火红的云海。那突兀的山脉，如是波涛汹涌的浪尖，那么妖娆，那么绚丽，就连整个村庄也都笼罩在一片霞光之中。

一切都是红的，房子是红的，村树是红的，瓦檐上更是跳跃着许多红孩般的喜悦。

晚归的老牛，也在村伯的声声吆喝中，融入了这红绸般的映衬里，就是白色的小狗也着上了粉红的婚纱，在不停地汪汪直叫，似为这美丽时辰的到来兴奋不已。

二

红墙外的屋檐下，提着长长烟杆的老伯，正凝神注视遥遥的夕辉，金灿灿的晚霞，在那里吧嗒吧嗒地抽着旱烟，并不时露出几多欢欣的笑容。他或许在思忖霞光里深藏的秘密；或许在考量明日崭新的日子；即便是瞬时的回光返照，也是一段美好的心路旅程。

而我，也正凝眸这霞光的缓缓西沉。都从春走到秋了，从少年壮志不言愁的岁月，直至如今老当益壮的时光。或匆匆，或忙碌，或疲惫……也从没留意过这夕日的一次次沉坠，晚霞的一回回精彩演绎。如今，我才发现她竟是如此的壮美：即便是瞬间的一袭嫣红装束，也能让天空折射出七

彩的光线，人间跳跃五色的音符。

三

这霞光像俊俏的舞女，于云雾缥缈中，尽显她的风采。颜色有大红、橙红、金黄、杏黄……几近人间最美的色彩，在这里都能呈现。那云霞姿态也变化多端，一会儿像百合色团团棉花；一会儿似金色波浪；一会儿又像半灰半红的胭脂……把西边整个天空都映衬得色彩纷呈，瑰丽无比。

"此景只应天上有，人间能得几回观。"渐渐地，夕阳沉了下去，光线也开始暗淡了许多……直到天空全都暗了下来，再没有一丝光亮时，晚霞才停止了她澎湃而富有激情的表演。

哦，这美丽而可爱的霞彩哪，为尽显自己富足的人生，即便就要消失了，也要老有所为，老有所乐，老有所终，放射出自己最后一丝光和热，来温暖人间，美化世界。

渐渐，万家灯火也亮了赶来，四处尽是香喷喷的米饭香。

阳光地带

一

放飞金色的啄木鸟，放飞心中那枚金灿灿的希望。站在高岗上，迎接旭日的来临，我们拒绝哭泣和悲伤。

最永无止歇的喷薄，是那枚冉冉的旭日，她的每一次呈现，都让鲜花烂漫的土地，光彩四溢。

一个崭新的世界，家园的美丽，把一种浪漫的情结，阐述得淋漓尽致——我的追寻，你的期待；我的渴望，你的相守，尽在这火候鸟逐日般的憧憬里了。

二

阳光地带，朝着东方，朝着那轮五彩四溢的东升，我行一次次注目礼，都是一回回心中的赞歌；就是匆匆的每一回眸，也是甜甜的一次爱。为这鲜活的一天，珍重的一世，我心胸透亮，毫无距离地溶入这金色的光芒，去谱写彩色的人生。

阳光地带，是我的最爱。一如漫堤的大江大河，只稍稍一露脸，就镀亮了所有的山坡与村庄。她时时让云雾四处逃逸，更让黑暗无处可藏……那金色的河水正漫涌着，沸腾着；像脱缰的野马自由自在地奔跑着；并一下子爬上了百岁老伯那张笑呵呵古铜色的脸了……

阳光地带，是众人的向往。是一处圣洁的处女地，只有追求与向往，

没有心伤与悲切；是一处生命的绿洲，即便阴霾腾起的日子，也同样能折射耀眼的光芒，为人们带来希望之火。哦，昼水夜流，始终也带不走欢快鲜活的鱼儿。

三

茂盛的阳光，就这样大片大片地灿烂着。如秋后挂满枝头的无花果，鲜香而艳丽；又像朝日写在大地上的诗行，清新又悦耳。如此耀眼的光芒，她日日葱茏在我们的心里，我们的双眸间。

就是和风细雨中，阳光的枝丫也能透过淡淡的云霓，折射出她美丽的心事——为憧憬这和乐而美好的世界，她身着云雾的薄纱，悄悄地来，又悄悄地洒落……

最是树梢的那一缕缕金阳，更是灿烂无比。不仅殷红了秋硕，也让紫燕点点滴滴地轻啄这金色的雾纱，似乎有嚼不完可口的甜点。

四

金阳的美丽，还在于她日日在焕发新的写意，像一位诗意蓬勃、灵感富足的诗人，每一首每一曲，都有新的创意，就是在阴郁的三月里，绵绵的细雨中，她也能吟咏出柔和、清新而富丽的小诗。

啊，看颗颗小金阳，都粒粒金灿，并源源不断地随风四处飞扬，她洒向山河，山河一片壮丽；洒向大海，大海一片蔚蓝；洒向人间，人间一派火红。这摘也摘不完的果实，尝也尝不尽的硕果，将成为世间最甜蜜的一种境界，最完美的一种向往。

收割阳光

一

一茬接一茬的阳光，金灿灿，鲜嫩嫩。她乘着和煦的东风，洒了满岗满坡。这欢快的植物，仿佛在一夜间开了花。

五彩缤纷的阳光已缀了满地，让红花似锦的小路，也镀上了一层粉红的新妆，那即将剪辑成嫁衣裳的晨雾，也正四处游荡，不知是否在相商哪家的新娘最得体，最合身。而此时，流云中金灿灿的光照，也如刀似箭般折射过来，似要把一池的鱼儿全都吸引了过去。然而，还不等她折入水中，鱼就把她们全都叼进了湖底……

二

满坡的草丛中露水还没有苏醒，金光闪闪的旭日就光临了她的心窝，点亮了她心中的光灿；田螺姑娘还沉眠水底，曙色就拉开了昨夜澄清的画面，变成了镀金般的闪亮夺目；牛羊在哞哞哝哝地叫着，似在为崭新一天呐喊助威，因为她们又要收割昨夜葱茏的故事，以及今晨丰盛的阳光。

这时，老父捋了一把长长的雪须白髯，笑呵呵望着旭阳，然后举起一把金色的镰刀，朝他噙满一生泪露，一世汗水的土地，一刀又一刀地收割——这一把把饱满而熠熠生辉的光芒。哦，这可是他春日所希冀，一生所厚望的期待，那"唰唰"的镰齿声，那采收秋获的赞美声，既轻快又灵动，既和谐又动听。这收也收不尽的稻穗，摘也摘不完的果实啊，就挂在

父亲喜笑颜开的眉宇间，也融入他甜甜的心坎里了……

三

看茂盛的阳光，正大片大片地盛开，这里一丛，那里一株的。也让岸边的红花绿柳，在暖暖的春阳里，在和风的旋律中翩翩起舞；数只紫燕正斜掠过湖面，她们不断亲吻水的亲情，风的柔美，更不时剪辑着大把大把的金阳，让心中充满金灿灿的希望；就是凌空翱翔的雄鹰，也不忘把最显眼的一手枯笔，题写在蔚蓝的天空，在昨夜就已精心构思好的画卷里……

最是青石板上阵阵捣衣声，那少女嫩藕般的手臂，在几个村妇不经意的推挪下，不觉间竟成就了一桩桩美好的春梦。哦，在少男少女的心中，恋人的情怀，岂止在收割阳光，更是在收割爱情，收割人生哩！

四

没有阳光，就没有春天，就没有和谐而动人的故事；没有阳光，就没有花儿，就没有美丽而幸福的爱情。阳光哟，是一朵朵盛世开放的花朵，她没有声响，只是开放；没有泪花，只是激悦。看世上的任何花儿，哪可与之匹及的？谁说"后羿射日"是个美谈？其结局——也只能躺在一部书里，成为永恒佳话，永恒的神曲。

我崇拜阳光，收割阳光。不止因为她赠予我春天和花儿，更因为她给予我无数憧憬和希望，并日日，且夜夜——根植在我的方格间，收获在我的眉宇里，心坎上！

沐浴夕辉

一

夕阳筛出的金色小颗粒，均匀地洒遍山林、田野和村庄，也镀亮了满坡的牛羊，它们正撒着欢儿不停地跑着，也把一坡的花花草草震得七零八落。

每每这时，再忙的活儿也要放下来，摘下斗笠笑着，目睹夕阳渐渐下沉并与其作别。看着他们一番神圣而崇敬的神态，我就知道：夕日在他们心中的分量，像是与一位即将离世的老人作别一般，庄重而威严，崇敬又不舍！不同的只是——他们脸上仍荡漾着丝丝缕缕的笑意，这或许是因为他们还寄托着明朝旭日的冉冉升起……啊，这与其说是一种自然习惯，不如说是一种神圣的默契，崇高的敬意。

二

沐浴夕辉，在一片融融的金色乳液中，尽情挥洒自己的人生意象吧。在夕晖的涂抹中，在夕照的影射下，你尽可想象自己富丽的脸庞与高大的形象；在夕阳的雕琢中，在夕日的折射下，你尽可想象你美丽的容颜，甚至返老还童的一幅写真！哦，你剪影般凸现的形象，将是一帧十分动人的景致；倘若再有条小河涓涓流过，那鎏金般金色的液体从你身旁细细流淌；抑或是棵镀金般的小树，枝头结满了殷实的硕果。啊，那将充满何等诗意？

夕辉在抚遍你全身之后，将稍纵即逝。所以，你要尽情享受那美丽而幸福的一刻。此时，它像一位孤寡的老人，正要与你挥手作别，它无需你再多的甜言蜜语，目光就是最好的注目礼，你只需多看她一眼，为它的离别再送一程。而孤寂无援的它，也会用它最后的一份光与热，来温情你的热衷，洋溢你的激情，把你全身心镀上一层粉红的美满。

三

沐浴夕辉，想象人生的过程也如同旭日的冉冉到余照的西沉。你的一生也不可能日日一帆风顺，不仅雾霾重重，阴雨连绵，也有电闪雷鸣，大雨滂沱的日子。就是落日余晖，人的生老病死也是同样的道理。所以，你无须在意几多蹉跎岁月，几多伤心的日子，你只要醒悟后奋起直追，不再遗失如日中天的日子，便是你崛起和成功之所在！

如果说，自然是人类的老师，那么夕照就是这老师中雪须白髯的长者，无须它多加言语，只要它微微一笑，便能看破红尘的所有是是非非。我想，这也是人们对夕阳的感恩与敬重之所在吧。

四

哦，沐浴夕辉，展开你灵动的双手吧，再挥舞着，跳跃着，奔跑着……像鹰一般，跃入这金色的湖海，让灵魂再次接受一回最高洗礼，心灵的空际，将一尘不染；思想的天空，亦将烟消云散。并由此而萌生出——生命中最悠远的旷达和人生里最无限的炽热！

，

夜

一

深夜醒来，面对苍茫四壁，黑暗成了一堵厚重的墙，压得我喘不过气来。我用拳狠狠打击，却没有一点实处；用脚猛猛一踢，不觉翻飞的又总是自己；再用手悄悄一扯，希望能得到一点温情回报，何奈——也不见任何丝绸般润滑……

我只好，只好重又回到我梦的世界，再精心构思那一枚霞光满天的梦，为来日的人生之旅铺设一条金光大道。然而，梦总归是一枚不现实的幻境，那里虽有花开的声音，却无花开的容颜；虽有日照中天的激悦，但连一颗流星也不见踪影；虽有激荡满怀的成功喜悦，却不见有矛的目标与准星的方向；虽有爱的杯酒交欢，却无情的交融与相拥。

故而，我总期盼黎明的到来，抑或是一点星火，一盏灯的亮光，哪怕是十分细小而微弱的萤火！也能让那点点昏黄的光线，引领我前行的方向；燃起我不灭的希冀；再用这把火，绘织出一幅幅憧憬燎原的美图。可这一刻哪，总迟迟不能到来。

二

在这团浓浓的墨汁般的黑雾里，双眸的睁与闭已毫无意义，双手与双脚也已失去了作用。"众人皆醉我独醒？"——这只是一种自我慰藉和心灵喟叹的表白。面对现实，"醉"与"醒"已没有什么两样了，有的只是

醒来之时，能更好地面对现实而已。

是的，真正的勇者，是敢于面对现实，面对黑暗，并用自身的智慧与力量，最终凌驾于黑暗之上，寻找突破黑暗的契机！

夜，就是一条涌动着黑色的河，只有把握好夜航的舟楫，有盏引领航道的启明灯，就不愁走不出暗流涌动，墨浪翻滚航程，去迎接黎明，展望未来。

三

可不是，不同的人生，都要面对许多不同的黑夜，走许多不同弯路；不同的人生，都要面对不同的现实，采用不同的方法。这虽是一道道不公的事实，却明摆在每个人的面前。

春耕是为了秋获，为实现年轻时的理想与目标，有人会暗度陈仓，选择平坦的道路；有人会曲径通幽，迂回前进，最终取得成功；有人会不断进取，努力前行，最终柳暗花明；更有人会因看到漫漫长夜，既无星火之明，又无月圆之光，从此一蹶不振，放弃自己的愿望和追求……

四

哦，只有点燃心中那盏不灭的灯火，在这无垠的夜色里，在这茫茫的人海间，让心——如猫头鹰的双眼般，犀利地捕食猎物，清晰地分辨出夜空中翱翔的方向……才能无畏无惧地面对所有的黑暗，所有的恐惧；并傲然凌翔于黑夜与寒流之上，去迎接旭日，迎接胜利和曙光的到来……

披月乘凉

一

深夜，披着阵阵凉意，细细踱步出门，悄悄移至阳台，倚着一把背椅，仰望璀璨而深蓝的夜空，用心静观天象的变化：于那遥遥星子的一眨一闪间，当否有许多说不尽道不完的银河故事；于弯弯月牙的一晃一晃里，是否闪烁着几许光阴如箭的情节。

我总感生命的瞬息是如此之快，如白驹过隙，相对于漫漫历史长河，我们又算得了什么，或许仅是那微不足道的一缕尘埃；生命的渺小是如此的轻微，像烟尘一缕，似微风一束，但我们还能做些什么呢？是让她闪逝于时光的长河，还是重拾起青春那段暖暖的岁月，于开冰融雪的季节里，再次点燃我们的花季，去临摹春日里木棉花开的殷红和满山吐绿的新芽。

二

于漫漫半辈生涯中，几曾起起落落，花开花逝，也不过一枚无枝可栖的秋叶，逝水于跌宕的江河——欲沉不能，欲浮不起。忽如一阵秋风，沙沙扫落许多泛黄的叶子。于今，也只有随波逐流，一任漂忽于命运的所有航程。让随意而安的出世心态，回首陶子所有"心远"历程，然后再用心去享受所有的一切，以及所余入世的人生。如是秋日里一颗饱满的种子，让风送的旅程，安一处幸福而美满的家。

月朗星稀的秋夜是如此的完美。街灯早已灭去，静密之中又总感思想

的火花在跳跃。然而，风景树下的一片灰暗，总让人依稀感觉有一枚枚秋叶在痛苦地呻吟，这是一种对生的渴望，对明亮的需求；这是一种对爱的焦渴，对情的热恋。她虽然仅存于我所独具的感观里，却时时映衬在我生命的过往中，成为我生命的全部与爱心的里程碑，留守在我今夜的脑海里。

三

看那弯秋月正渐渐西斜，她像正在告诉人们：生命的秋天，正面临冬季的来临。秋风扫落叶只是一种最为现实的场面，而严寒，又将让我们面临更加冷酷的局面。打点生命里所有的行程，向前踏歌而进，这才是最现实、最完美、最欢畅的旅程。

因为，这一季的所有美丽与凄凉画面，都将构思在我们早已想象好的童话王国里，已不再有什么值得我们可描摹，可惧怕的。

四

夜，越来越深了。四野声声的秋虫夜鸟，也正不断啼鸣着生命的乐章，似一折天宫舞曲，落下成了一出大自然的舞台。哦，它们如果不是为了明日的朝阳与希望，又如何做如此的悦耳？就是地底的蚯蚓也忙着跑来瞎伴奏，要知道，白日的希冀已足够它们饱餐生命的风光，又何必连夜跑来穷词瞎附和？我想：这当该也是对春的希望，对红花与绿叶的追求，以及——对太阳与月亮的最美好幻想。

是的，大自然有它生存的道理，似如今夜，我不惧夜深，不惧黑暗。披月乘凉，为的是——寻求生命的真相与人生不断进取的真谛！

流 星

一

是夜，一池月影留恋一径孤寂的羊肠小道，亲吻一坛静寂的花开。此时的四周，静静的，就着月色与和风，我与她——那轮遥遥的孤月，浅酌轻唱。

忽然，一枚流星划落，画出一道空灵的弧线，于冰冷的湖面上，在我空荡荡的心中，留下一个凄美的句号……

我知道，你已经走了，这不需要唐诗的解注，更无需宋词的诠释，你已经走成了毫无押韵的，最现代的一首，就连最基本的意境也不存在了，更不用谈你的意象了。

哦，只因，只因那一瞬美丽的错过，就错过了一生的美丽。往事回眸，虽尽是流星般消失，却仍珍藏于那部厚重的史册。生命中最宝贵的东西，该当是理想与爱情。但于人生的天平上，二者往往会因此而顾此失彼。

二

当矛与准星，遥遥对准一个既定的目标时，人往往会使出全部的心思、智慧和力量，为即将取得的成功，不断进取。

倘若于此开航使舵的最佳时刻，再有桨的划动与启明灯的引导，你乘风破浪的心将会加速你前进的航程。但如果没有了那份力量的支持和方位

的引导，抑或出现南辕北辙的现象，那不仅抵达不了生命中的理想与目标，甚而会越离越远，如流星般，一晃消失于你所有的视野里。

当歌与阳的日子相互穿插而过时，拾起的只是这轮孤零零的明月，那歌声也如流星般，从一个音阶滑向另一个音阶，最终消失在碧静的湖底，呈无声无响的一面镜湖。生命中的天平也就从此失衡，并失真于所有的岁月，再怎么掇拾，也无法回到原来的样子。

三

梦里，有泪是你温柔的回眸。瑟瑟的秋风总能抖落满树的黄叶，也能拾起遍地记忆的尘土。那手持野山花的小女孩，一步步雀跃着向我跑来，可曾是你昔日美丽的情影；那喜鹊枝头的声声惊叫，可曾是你往日的欢声笑语；那鱼跃碧水江心的，可是你优美的身姿……

就这样，常沉湎于你千顷温柔万般甜蜜之后，不觉间，便潸然而泪下，是我梦醒时分的伤痛！

如今，你是否在雪国的小屋，构筑另一所梦的殿堂。当春日来临的时候，你是否还能想到：我们的故事还未终结，那花儿就已匆匆凋零；月牙还没满圆，就已失却了光泽。

四

月，还是那般清幽幽地挂在天际；月影，还是那般孤寂寂地洒向人间。她像缕缕白色的细纱，层层裹着我伤痛的心，并为我而泣，而殇。

啊，流星，这美丽的错过多让人揪心！所以，你的离去，多像一本晦涩而深奥的书。多年以前，我读不懂；而今，我读懂了，却无法再读。

星　星

一

每当夜幕降临的时候，那深蓝的夜空上，就缀满了一颗颗闪闪烁烁的星辰，像一枚枚充满智慧的眼睛，不停地闪耀着。似一群群淘气可爱的娃娃，在夜的辽远草原上嬉戏玩耍；又像隔河相望的牛郎织女，满天尽是他们的颗颗相思情与甜蜜恋。而那北斗七星，又像把勺子，仿佛在为牛郎织女指点爱的迷津与情的方向。

这群美丽的小精灵啊，不断变幻着各种图案。同时，还尽显自己的力量，不停地眨着眼睛，把点点滴滴的光芒融汇在一起，成为一大片又一大片——汪洋的星海，星海的汪洋。

她们虽然不如太阳的辉煌，也不如月亮的清澈，但那梦幻般的光一洒到了人间，就把大地变成了一个奇异的世界，不时诱发着人们去眺望、去探索、去思考。

瞧，那银闪闪的小星星一颗比一颗明亮，就像一个个小精灵，在稚气地注视着人间，仿佛用那明亮的眸子，在讲述一个个美丽动人的童话。

二

我就在这阳台上静静地观赏这美丽的夜空，这璀璨的星汉。感觉那星空里仍有许多未解之谜，许多奥秘仍珍藏于星星之间。如年幼时的我，总爱偎依在妈妈的怀里，听她讲天上人间的故事。那会儿，我常这样听着听

着就入睡了。于是，梦里也常常遨游到天上，去和星星逗趣，说着悄悄话……有时，醒来时想抓一枚星星，可星星却变成了妈妈的大眼睛，看着妈妈的笑，我也微笑着又沉沉入了眠……

如此想着，我发现眼前那枚星星就是我梦里的影子。再仔细一回想，这会儿才知道，那只是一枚流星，她已遥遥消逝于我梦中的岁月。

哦，人世间的情，人世间的爱也是如此，有时发现消失了，才知道她的亮丽和珍贵。

三

如此看着看着，渐渐地，我的眼睛迷糊了，感觉周围也有星星在闪烁。我一转身，才发现老母亲也在看星星。我很是诧异，却又问不出什么来。可她却指着天上的一颗颗星辰叫出了我们兄妹几个的乳名，顿时我热泪盈眶，满目挂满了珠涟……

啊，可怜天下父母心。我们想着的是自己星辰的光亮，而母亲如月的心，却时时在关照星河里的所有银汉！

月 亮

一

遥首湛蓝的夜空，一轮圆月正冉冉升腾，那银白色的月光，映着几丝羽毛般的柔云，美丽极了。

往事如烟如尘。月啊，你仍高高挂在我心的一隅，记忆里挑灯捞月是我最美丽的时分；青春里挽手赏月是我最浪漫的时刻。

而今，月还是那轮明月；还是秦汉时关内与关外的那一轮；还是李白举杯相邀，苏轼把酒问青天的那一轮。可我葡萄架下聆听你遥远故事的岁月哪里去了？我青春热血涌动的年华又哪里去了？是拂袖的嫦娥，盗去了我美丽的纯真，还是广寒宫里的玉兔，挟走了我花样的少年和曼妙的青春？

泉水汩汩，明月皎皎。你的每一束晶莹，都是洁白的花瓣，总时时浮在我生命的每一个阶段。从美丽的童贞至青春的火热，直至悠然见南山，细数文字的珍贵，菊开的孤傲。你都成了我生命中的最佳伴侣。

二

月哪，从一轮月圆到一钩新月，也是一种心伤的过程。遥对明月，我的思绪如流水。春日的码头，也有我十八相送的驿站，遥首那一轮明月，我们的铮铮誓言，到底遗失于生命的哪一处角落，也让一弯新月，成了我久久的心伤。如今，对月梳妆，人未老，我就把早生的华发，霜结的心事

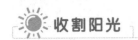

全都藏在了一页页生命的日记里了。

好在，好在月圆的晚上，你总能睁大素洁、亲切而明亮的眼睛，穿行于缕缕残云，高高俯视着村落和田野。也让我满圆的心思，随你红红爬上高高山峰，皎洁挂在遥遥的半空，并睁大明亮的慧眼，成为我永恒的期盼与永恒的希望。

三

月啊，你凌空高悬，清辉普照，繁星炫丽了你娉婷的体态；你流光柔美，神韵独具，夜空衬托了你诗意的灵魂；你月挂星汉，轮回更替，也让人间寄托天各一方，月共一轮的思情。

就是这样的一轮明月，总能让我们生出几多情与几多爱。成为生命中的亲情、友情与爱情的生发地。

"千江有水千江月"——于我们每个人的心中，都有一轮明月。即便是月牙的晚上，只要睁大眼睛，也能化刀月为满月，化苦楚为心甜，时时让灵魂有光明之美，永恒之美。

春　风

一

　　春风来了，从日出东方的圣洁之地。她手持温暖的祝福，驾驭金阳的快马。那明快而富有节奏的韵律，也让西风节节败退。

　　春风拂过大地，处处万象更新，万物复苏了。她唤醒了小草，吹绿了柳芽，吹来了活泼可爱的小燕子……

　　春风，像位灵巧有余，妙手可嘉的画女。只要她所到之处，都会发生奇妙的变化。她绘蓝了天空，泼绿了大江南北；也描红了桃杏枝头，染黄了簇簇迎春花……

二

　　和煦的春风，是春的领路人，她带来了金阳，也带来了春雨。

　　春日的季候里，总是一阵春阳之后，春雨便淅淅沥沥地下起来，像牛毛，像花针，像少女灵巧的眉睫，细细密密地织着，又上上下下地打点着。在微风的轻拂下，又斜斜地，细细地，如丝如缕飘落到大地上，似有似无的，很难看得到，找得到。但如若穿行于风雨中，就能时时感受到她小手的轻抚，温柔的亲吻。

　　所以，我喜欢春风中细密的雨丝，她能让人时时感受到无限曼妙的滋味，有一种处女般温柔的感觉。倘若此时，再有温暖的春风轻裹身子，就更能生发几多痴迷痴醉痴恋的爱。

三

一缕阳光，一剪春风，轻拂着大地，给我们带来了许多春天的气息。哦，这美丽的金春，因有了春风，也让她不同于夏的热情，秋的伤感，冬的苍凉。她有的是温暖，有的是慈爱，有的是盛情。

岁月静好，所以我们无需埋怨，无需伤痛。只要静静地走，默默地寻找，就能找到属于自己生命的春天。然后，再携一缕春风的洒脱，开心面对美好的每一天，就会如春风般，时时收获不一样的色彩，不一样的心情。

春风怀想

一

春风，不像夏风的炎热，不似秋风的萧瑟，更不同于冬日寒风的凛冽。只把一身的温暖与柔和洒遍人间。

白日，拂着和煦的春风，如赏一折折美丽的故事，时时让你神清气爽，心旷神怡。面朝春暖花开，聆听风的声音，如聆听春的脉搏，春的韵律；那缕缕淡淡的微送，让沙沙的绿叶，跳动一曲曲优美动听的歌，也让禾苗轻拂千手万手，祝福春日的到来。

夜晚，打开窗户，春风吹来，尽是扑面的柔暖，扑鼻的清香；又是如此的缠绵，也让月色下依依的杨柳飘飘拂拂，舞起绿色的裙裾……

二

春日的风，有着甜甜的绿意。如淡淡的茶香，从遥遥的天际轻拂而来，她吹醒了小草，吹绿了杨柳，也吹皱了一池潋滟的湖水……此时，就着阵阵温馨的春风，是风吹过的音响：那蛙鼓的声声和鸣；鸟儿的句句吟唱；牛犊的轻呼曼唤，都是一种春的祝福，春的希望。

春日的风，有着浓浓的花情。如是盛开的花儿，阵阵飘来，是怎么躲也躲不开的，满是花香的扑鼻；又像是妙龄处女长长飘柔，摆动婀娜的身姿渐渐溢出的鲜美体香，总遥遥地泊向了远方……

春日的风，有着暖暖的诗意。她一缕缕，一阵阵的，既简洁又明了，既温馨又舒坦。如少女美丽的发结，鲜亮、明丽又耀眼；又似一首轻快的唐诗，既可吟咏又可深情。

三

春日里的风，她日日微笑着，把沉眠的种子唤醒，将枯黄的大地吹绿，就是荷锄春播的跫音，也开始书写美丽的诗行，绿色的篇章。

我生命里的小阳春啊，当否也有了这绿色的诗意？回眸那山重重，水复复，路崎岖，花千树的人生之旅，总感春日里的风是如此娟丽，如此美好，如此神往，也让我勃发的青春树挂满叮叮当当的小诗，成一曲曲生命的回响。

哦，那就以春风的柔和，再次唤醒我沉寂的心扉，用青春的那份热情，去迎接那片轻轻摇曳着的——柔柔的瘦秋草吧。

春 雨

一

春雨蒙蒙地下起来了，夹着丝丝缕缕的春风，斜斜地挥洒在这片干涸了一冬的大地。春雨贵如油，也让万物生灵尽都张开绿色的大嘴，贪婪地吮吸了起来。

如此的雨丝，细细密密，轻轻柔柔，又飘飘拂拂，她似有似无，似线非线地飘浮在半空中。透过那一缕缕又细又密的银线，远处的山、水、树……尽都笼罩在一片迷迷蒙蒙烟雨中，像位害羞的仙女，披上银白的面纱，却又一步一履恬恬地来到了人间……近处的房顶上，原野里，也全都笼在一片如纱的薄雾中，小草如是被清洗过一般，鲜嫩嫩，青绿绿的，正大胆吮吸这自天而降的美丽精灵；各种花儿，知名的，不知名的，也都争相赶了上来，红的像火，黄的似霞，紫的如茄……挨挨挤挤的，在绿草间相互眨着美丽的眼睛，并和春风合奏，与雨丝争鸣，谱就了一曲曲美妙动人的诗篇。

有了这甜甜的滋润，万物复苏了，显得格外生机盎然。所有的一切，似一夜间被洗涤过一般，满目尽是一尘不染。

二

如此的雨丝，淅淅沥沥，丝丝滑滑，又洋洋洒洒，一时间迷蒙了整个江南。那雨丝，如细密的牛毛，似亮丽的绢丝，像春姑娘柔柔的发丝……

而又轻轻弥漫在了绵绵在树叶上，沙沙沙，沙沙沙的……奏起了一曲曲美妙的乐章，似无数轻捷柔软的手指，弹奏一首又一首优雅的小曲，并且每一个音符，每一次轻柔，都带着梦幻的色彩，梦幻的旋律。

三

这润物细无声的春雨哪，也是位灵巧的画师，把蕴藏一冬的灵感和情绪，全都释放了出来。她染红了桃花，漂白了柳絮，描青了山峰，绘绿了秧畦。哦，这大自然的精灵啊！是这样的饱满，这样的烂漫，这样的和谐。瞧，那打着小花雨伞漫步的一对情侣，正微笑着说悄悄话，不正是最好的诠释么？

如此温婉的春雨，如此清新的春雨，如此深情的春雨。我的心也顿时豁朗了：所有的严寒与酷暑算得了什么，面朝春暖花开，这才是新生命的开始！

春　雷

一

从遥远的天际，传来轰隆隆的脚步声，那是春的巨人，在追风赶云，催醒万物复苏的信息。

沉闷的雷声越来越大，似要撕碎漫天的云层，冲出浓云的束缚。并越来越近，由弱而强地翻滚着，咆哮着……

渐渐地，雨就点点滴滴下了起来。先是细而疏的小雨点，后变成浓而稠的乳汁，淅淅沥沥的，自天而降；又似杨柳般飞扬着，曼舞着……

风，也调和着雨和雷，舞起千手万手，一时把天地都罩在一片灰蒙蒙的雨帘里了。

二

啊，这春的使者，一走上大自然的舞台，就成了这一序曲的主导和主角。虽然天愈来愈黑，可那一声声排山倒海的雷响过后，一道道耀眼的闪电，即把天地照得通明透亮。

听哪——雷声，雨声，风声相互协调着，把远处整个山川都罩在了其中……

看哪——电闪雷鸣配合着哗啦啦的雨声，越来越大。那雨帘，像春雷洒下的颗颗小珍珠，浓密而细长；又似天公舞着把把透亮的利剑，自半空直射而下，溅起朵朵细密而浓烈的水花……最是亮丽的雨点一落下，即泛

起一圈圈涟漪，似一枚枚美丽的小鲜花，不断绽放着，吟咏着……

此时的小河放开歌喉哗哗地唱着；小草也在雷声中不断摇曳；树儿也被雨帘压弯了腰，枝丫和绿叶相互挤压着，发出窸窸碎碎的声响……所有的这一切，仿佛在向人们打招呼，在向春天问好。

三

不久，雷声就小了，也渐渐远去了；闪电也消失了许多；雨也停了。我忙打开窗户，一股清新的空气就直扑面而来。哦，远处黛青色的山峦愈发青翠了；近处瓜果、蔬菜以及禾苗，也如同洗过一样，更润泽，更清鲜了。

这一阵雷响，这一倾大雨，也让冬眠的蛙鼓苏醒了过来，争相呱呱地叫着……

瞧，那山坡上，那层层的梯田里，开春的犁杖已开始翻阅——春雷书写的新篇章。

春　天

一

　　春天，迈着细碎轻盈的步子，款款来了。那柔柔的风儿是那么馨香，沁人心脾；那嫩嫩的绿纱巾是那么可人，撩人心扉。

　　春雨洒在了大地，绵绵的、柔柔的、细细的，像牛毛、如细丝。迷迷蒙蒙，朦朦胧胧，若隐若现，如烟似雾，又淅淅沥沥地洒向了远方……忽而，那雨飘落在我的脸上，是那么清新，那么凉爽、那么宜人。

　　路旁的小草也探出了头，精神抖擞的，处处嫩嫩绿绿，遍是春意盎然。一阵春风袭来，阵阵花香扑鼻，总是那么清香，那么连绵，多让人流连忘返。

　　春风拂过，清脆的流水声，和着连绵的细雨，滋润了大地，万物渐渐复苏了。青青的杨柳，拂着春风轻轻地摇曳；泛青的禾苗，沐着春雨连连地缠绵；清清的泉水，咏着春日的赞歌涓涓而去……

　　春天，人们心里燃起了无限的希望，也坚定了美好的信念。

二

　　一日之计在于晨，一年之计在于春。春天，也是个播种的季节。

　　扯片金阳的种子，播种春天，就会长出美好的心情，美好的希望；扯片云朵种在黑夜，朝霞就会花开灿烂的黎明，就有美好的明天，美好的未来；把想象撒向天空，翅膀便会伸向无边无垠的天宇，题写人生的美丽画

卷，美丽前程；把灵感播种文字的沃土，就会收获沉甸甸秋的诗情画意。

在洒满阳光的原野，生机盎然，点缀郁郁葱葱的希望……丰硕的金秋，也在前方向我们召唤，等待我们勤劳智慧的双手，去辛勤劳作，并用心浇灌，用心描绘。

哦，春天，有许多优美的诗篇，等待我们去欣赏，去构思；有无数美丽的风景，等待我们去描绘，去临摹。

三

二月春风似剪刀。她剪开了蓝天，迎来了春日美好；剪断了忧愁，迎来了心情愉快；剪去了心伤的苦痛，迎来了更美好的春天，更美好的未来。

看啊！一场春雨刚过，太阳才刚刚出来。人们就一窝蜂地拥向碧绿的田野。大道两旁依依的杨柳，也伸出了千手万手，似在欢呼赶往地里辛勤劳作的人们。

啊，春天，我只是一个辛勤的耕耘者，在你唯一的土地上，播撒希望的种子，相信明天一定会更美好；我只是一个辛勤的耕耘者，在你唯一的土地上，用热血浇灌希望，用心滋润热土，不言索取与回报；我只是一个辛勤的耕耘者，在你唯一的土地上，肩挑永恒的承诺，只为把你干涸的土地滋润，让你收获沉甸甸丰硕的金秋。

夏 天

一

夏，一个多情的季节，一个多彩的季节。

在一抹金色的夏阳里，感受夏的热情，在一缕和煦的夏风里，感受夏的温馨。是我们热切的向往，热切的追求。

和着金阳的色彩，夏正编织一枚枚绿色的梦。缕缕温热的风儿亲吻着大地；蝴蝶与花儿正上演一部浪漫的情谊；知了用一声声浓浓的相思，呼唤一份份迟来的爱；就是朵朵的云彩，也用深深的情意，相拥相聚着泪涟涟的幸福。

和着自然的旋律，在涓涓的小河里，在叽叽的鸟鸣中，在纷呈的花丛间，悄悄聆听夏的声音，夏的旋律；在无垠的原野里，在拂面的杨柳中，在绽开的藕荷间，细细浏览夏的风情，凝视夏的颜色，是我浓浓的情深。

二

夏日里的风，也带着美好的情意，姗姗来了。

她带着夏的讯息，吹来了万般柔情，让杨柳摇曳着夏的缠绵；让花儿绽放着夏的妩媚；让我们随着那燃起的万般激情，涌动起一曲曲心的赞歌。

她带着夏的热情，走进了我们心的世界，摇曳成一片片阳光的碎片，温暖我们的心室。使我们来不及和春挥挥手，就融入了她的甜言蜜语中。

她带着夏的问候，闯进了我们生活的话题，只要有了夏的热情，夏的勇气。秋的收获就在眼前，生命的奇迹，也往往在无畏无惧的中诞生。

三

走进了热情洋溢的夏，就走进了一个美丽纷繁的世界。在这个如梦如画的季节里，就是一缕微风，也能伴随云彩，在湛蓝的天空里，挥毫多彩秀美的画卷；一帘夏雨，也能陪同江河，在广袤大地，题写浪漫娟丽的诗行。

哦，我美丽的夏哪，让我独恋上你，是因为夏日的风，夏日的雨，总依依我多彩的情。而我情相恋的心里，也久久长存着——你夏的热烈，夏的多姿与夏的深情。

秋　天

一

一片片金黄色的叶子，随风轻轻洒落了下来。渐渐地，我听到了秋的脚步声，近了，近了……

雁子从深蓝的天空飞过，如是列队的仪仗，潇洒又大方，壮观且威严地阵阵向南飞去……远处的青山，不再是那么绿，那么翠，那么柔了，显得有些淡淡的金黄，也没有了夏的浪漫和浮躁，景象益显庄重和肃穆了许多。

走进金秋，没有了春的稚嫩，了却夏的炽热，推迟了冬的凛冽。走进金秋，就走进了一个沉甸甸成熟的季节。

二

秋，是金黄的季节。金色的阳光照耀大地，把山川河流，一草一木都变得金灿灿，明晃晃的了。

秋，是收获的季节。"春种一粒粟，秋收万颗子"，就是唐时的李绅，品味到了秋，也同我们一样美丽。此时，原野里到处是丰收的歌声，山坡上也是一片繁忙的景象。

秋，是香甜的季节。果园里的果子熟了，橘子红灯笼般高高挂满了枝头，香蕉黄灿灿地垂了下来。

秋，是多彩的季节。花园里各色花儿争相斗艳，红的、黄的、橙的、

白的、紫的……你争我赶，各不相让。给这个季节，增添了许多美丽的色彩。

三

秋天的风，熏香四溢，有着丰富的沁香，抬头仰望湛蓝的天空，不仅晴朗了许多，云彩也朵朵片片的，如缀在蔚蓝天宇上的彩色锦绸。

秋天的雨，是美丽的。每一次下雨，秋天的脚步就更近了一步，一寸秋雨一寸秋。秋雨冲刷着夏的躁动，让大地慢慢安静了下来。心情也渐渐缓和了许多，安静成了秋的主题。

秋天的果实，挂满枝头，她带着无数喜悦和美好希望。所以，秋意味着饱满，意味着成熟，意味着爽朗，意味着收获。

四

清晨，打开窗户，凉爽的秋风阵阵袭来。秋高气爽，静静独坐窗前，于这充满思考的季节里，让思绪自由翻飞。并细细回味人生的旅程。从风中读心情，从雨中看风景，也是一种思考人生的最佳方式。

啊，多少在春夏疯长的伤心事，也总在这秋获的时节里，让金黄埋葬过去，让丰收喜悦了眼帘，让激情蒙蔽所有不幸……以致有时也常读着读着，或看着看着就潜然泪下了，总感秋天也是一个充满惆怅季节。

——当秋天的风轻轻抚摸太阳时，深感那一片孤寂的云就是我自己；当秋天的云又轻轻抚过一轮明月时，又总觉那一轮孤月就是我的化身。

为此，我常常凝眸，并细细沉思默想：我当否也要有秋叶离枝的重负？如金蝉脱壳般地抛弃不应有的包袱，专心致志于我秋的唯美和清韵，以迎接来年金春的到来。

秋，这个时节，让我更懂得了生命的真谛，懂得了更高层次的沉着与慎重。

冬　天

一

一阵寒风吹过，昨日还泛黄的秋叶一下子就纷纷落下了，瞬间就把大地覆上一层厚厚的地毯，冬的脚步近了……

一阵霜雨打过，冷气直打在脸上，不禁打了个哆嗦……搓一下手，昂首看看那枚云雾中忽隐忽现彤红的日出，感觉冬阳是那么珍贵。

风儿，也毫不吝啬地，吹动缕缕烟云，拨动浓浓雨雾，近处房子和小树朦朦胧胧的，远处山和水成了灰蒙蒙的一片……

入夜，读着那枚早早就爬上夜空的一弯新芽，感觉那是篇冷峻的美文，抑或是曲寒酷的词阕，总淡然着无法命名的忧伤。

渐渐地，星儿也缀满了清冷的夜空，夜幕显得比其他时令来得更早了些。

二

一切都在不经意间，一切又仿佛在意料之中。是为了那远去的金黄色秋景，还是为了这初冬的早晨。刚临盆的朝阳，就把一树的鸟儿都吵醒了，在叽叽喳喳地歌唱金阳的普照，晨露的离去。

冬，似乎是一道最坚实的门槛。感觉冬日的天空总比秋日高了很多，就连沉寂不动的霞彩也是青褐色的，高高地挂在了遥遥的苍穹。

因此，冬仿佛也在测试一切具有生命的东西，是对生命的一次最严峻

的考验：对于强者来说，是一次机会，是一回进取，一种人生享受；对于弱者而言，是一次嫌弃，一回憎恨，一种望而生畏。

"自古雄才多磨难，纨绔子弟少伟男"，那些纨绔公子又哪知道于这滚滚红尘之中，在这萧萧寒流之里，开始蕴孕一团团熊熊炽灼的烈焰，正日夜等待春的到来。

三

所以，冬也是一个美好的季节。她犹如童话般，充满无数洁白、宁静而遥远的遐想。如一曲曲经典优雅的古乐曲，在轻轻地弹奏，静静的吟咏，把那点点的音符洒落雅静祥和的湖面，再泛起一轮轮闪烁的金阳，又挂在了随风摇曳的柳梢头，成冬日里金光闪闪，叶影婆娑的小春天。

最重要的是——冬，是一个蕴藏春华与秋实的季节。从自然种子的孕育到人生旅程的思考，这里风在吹，云在走，水在流，瞬间交织着永恒。只要放下包袱，大踏步地往前走，就没有跨不过的河，越不过的山。

——就是小草的破土，蜡梅的迎春，黄河的开冰也是最好的见证！

三月的小雨

一

三月，是百花争艳、百鸟争鸣的时节；三月，是雨丝连绵，春潮翻涌的时节；三月，更是诗意烂漫，诗情疯长的时节。在这美好的日子里，我多想亲吻一下大自然最无私的馈赠——四野的风情与季候的美丽。

沙沙沙，沙沙沙……初春的小雨像筛米般又细又匀又密，在微风中轻轻飘洒，低吟……像哼着的小曲儿，越飘越远的，直挂到天际，也把那片片水的和鸣，掺揉其中，成了一曲曲柔美动听的交响乐。

我撑着一把小伞来到江畔，江两岸的野花、野草、翠竹，均笼罩在一片蒙蒙的烟雨中。哦，眼前仿佛是一帧迷迷离离的油墨画，若隐若现，又似有似无的……耳畔只有潺潺的流水声和远处江滨机帆船隐隐约约的马达曲，以及船上渔妹子放开歌喉，飘来的缕缕悠扬的歌声……

二

三月，正是禾苗悄悄拔节的季候，一场连绵的细雨，就把窗外的原野，涂抹成一幅幅灰蒙蒙的水彩画。犁铧于细雨中挥毫一笔笔春日里的画卷；锄把开始吟咏一曲曲春天的赞歌；蚂蚁也跑过来帮大忙；就是冬眠的蛙鼓也擂起了春耕与秋获的赞歌……

三月，一场场绵绵的细雨，把整个江南都笼罩在雨水滋润，烟雾迷蒙之中……看沙沙的树叶上，总缀落点点无数沉眠的忧伤；淅淅沥沥的檐

雨，也让久别的游子，背起行李，漫步在归乡的途中……然而，他们不知望断了多少愁眠，也一时找不到抵达故里乡土的那张旧船票。只好，只好用心描摹几多厚土情深的故乡恋与桑梓情……

三月，是花开的时节，也是聆听花开声音的最佳季候。那绵长的小道，有细如绣花针的红花伞，正点点连绵着相思情，多少伞下的少男少女，正相拥着久久回眸，并期盼那枚春天冉冉天使的到来，因为——连绵的雨里蕴藏着连绵的情，连绵的情里有连绵的爱，连绵的爱正期盼红日的普照与爱情的归宿。

三月，也是最年轻的时节，遥遥远处，那顶着细花雨伞的星星点点，正是小学生一路络绎不绝开始上学的时间。如此连绵的情景，总让我连连想起童年的几多岁月，几多青丝鲜丽的遥遥怀想，以及青春里那段美丽、缤纷而动人的故事……

三

哦，三月的小雨，是一曲曲柔美的歌，是一首首动听的诗。她飘洒在江河，江河里的帆影就顺风顺水；她飘洒在原野，原野里的禾苗就苗壮成长；她飘洒在游子的肩头，游子的怀乡就如此心切；她飘洒在爱的红花伞，相拥的情就开始疯长；她飘洒在美丽的校园，书声也成一枚枚琅琅的音符……

秋雨潸潸

一

一场秋雨一场寒，我在秋雨里，盼着美丽的秋获。

在这秋雨潸潸的季节里，有个飘飞的名字，记挂枫梢头，摇摇欲坠，成了我秋末冬初满目红色的思念，怎么也忘不了。她是我人生中的诗意，是我最娟丽的一首小诗。多少年了，我总难以忘怀。

我背负着成堆的誓言，翻找我们约定的日期。可历尽春播夏长却不见有秋获，好不容易盼到有了新芽，却又面临秋风萧萧的来临。在你如约的勾吻中，你当否记得——我为你梳理的满头秋雨和一脸泪痕？

沿着那如歌的岁月，我来找你，找你在秋天潸潸的雨里。你的每一声轻呼曼唤，都成我永生难忘的记忆；你的每一次笑逐颜开，都是我一生不灭的痕迹。

二

只晓得对爱的坚贞与信守，就不知人生的季节，也有瞬时的更替；人类情感变化也可能随季候的变迁，斗转星移。

秋雨潸潸，那冰凉的水，就顺着日子的缝隙流进我心里，我不知道可否也伤透了你的泪眼？昨日，你还在我温暖的心窝，为我载歌载舞奏一曲爱的和弦；如今，却不知你的去向，呆望那一叶叶飘悠而下的红色记忆；那悠然意远的小径；那雨雾蒙蒙的远山，也不知花葬何处？

或许，或许你还滞留在我心的深处，深眠在这潜潜的秋雨之中，我不敢轻叩你的心扉，生怕有只大鸟飞掠而过，有只喜鹊前来，吵醒你美好的梦，成为你的忧伤，我永生的痛。

三

蓦然回首，我记挂的那一首小诗，那一阕辞令，竟是我记忆深处的那一场梦，是我青春韶华精心雕饰的一场美好春梦。那里，有我最美的佳人，一场绵绵的秋雨，正潜潜地下着……

远山近水一时都笼罩在蒙蒙的细雨中，就是殷红的秋叶与红花，也在风雨中频频摇曳，再分不清哪是花，哪是叶的。可我却能清晰地看清我心上人美丽的笑靥，以及满头秀美的雨露……

四

山道弯弯，秋雨潜潜，年少岁月，如梦似幻……

啊，即便雨还在潜潜下着，我还在等待，等待春燕的到来，等待枫梢头能早早吐出新芽；以及在春雨的沐浴下，你突然从哪行崭新的诗句，或哪一阕动人的辞令中，一跃而出……

秋日怀想

一

沿着缕缕沟沟坎坎额纹上生命的河，我乘着两叶相守相偎，依是明亮清澈的小舟，在一根根白发纤绳的牵引下，来到了你心的湖底，记忆的深处找你。

你春的萌动似一面冬醒的蛙鼓，于一夜雨的相思中震动我的心扉，我那一片冬眠的大地。在几多无法安宁的日日夜夜，从此殷红在你的春暖里，在我无限连绵的遐想中。哦，就是一声遥遥的雷响，也能把你牵扯进我的心中，梦中……

风云交际的结果，不是如雷贯耳的雷声，就是千丝万缕的雨帘；江河融会湖海，那一定要有滔滔的江水；有时，即便干涸于荒漠或停歇于半途，那也一定要有一腔激越的热情。

二

生命中的秋，你我手牵手的人生，也在相互共融的两湖心海，寻找一种水的灵性，水的向往，并为依依情相牵的双手，履履爱相连的足迹，不断注入鲜美的活力——你的遥相唤，我的此相呼。

当生命的桨，渐渐划归于一叶心心相印的舟楫。我们生命的帆程，也踏上了新的远航，无与伦比的踏浪之歌，正一浪高过一浪，呈日夜翻卷着的鲜丽波涛和清新气息。啊，一舟爱的缠绵与向往，就这样驶离了青春的

码头，为夏的葱茏与秋的殷实，我们注足一叶心的马力！

三

如若不曾有你秋的指南，有多少江河中的险滩与激流，会夺去我们的容颜；又有多少狂风和恶浪，在虎视我们亮丽的人生旅程。而我一心强悍的双臂，又成了我们爱与情最坚贞的舵手，日夜把持着心心相依的舟楫与共！

人到暮年，盛秋也是一处亮丽的风景。倘若没有春的绿荫与浓密，夏的盛情和热烈，又何尝有秋的收获？更不可去迎接冬的严酷！

四

哦，秋日怀想。走过花繁，我们没有落红；谢绝凋零，我们只有苍翠；迎接盛夏，我们更加郁郁葱葱。即便是回秋的流年，我们也一样——缀满殷红的硕果，以及缤纷的叶黄与落红……

泉　水

一

一泓清泉，涔涔而出，涓涓流淌。是高山灵秀的乳汁吗？是绿树葱茏的液体吗？从崖隙间渗出第一滴甘泉起，就渐渐融合，涓涓交汇，织成了一泓汩汩流淌的柔情，一股喷涌着透明清澈的爱。

泉水叮咚，和着鸟鸣的啁啾；以及如画的青山，如诗的秀水，汇成了一幕幕自然的大舞台。在这七月流火的时节里，就是那轮灼热的太阳，也从密密麻麻的枝叶间，透出点点滴滴的光芒，漏出一枚枚金阳的碎片，如一颗颗小太阳般，漂浮在泉水间，闪射着五光十色的光彩……

在这一曲曲圆润而清亮的声音里，在这一幅幅秀美又娟丽的画卷里，我被那一股自上而下的清凉和洁净震撼了，轻捧一掬水细细观摩。哦，我头上方那晃动着的云，正透过树梢，也在遥遥的空际向我招手，向我呼唤；一只跳跃着的小鸟，竟叽叽喳喳地啄着树上的野果子；我的眉梢也于我的额眉间轻轻晃动……

二

有了这郁郁葱葱大山相拥，泉水也不再矜持。或无语，或叮咚，或淙淙，或涓涓……总是那么默默而含情把自己的爱，自己的情，留给了大山，留给了养育她的美丽家园。然后，才一路欢歌着跑出大山，涌向那滔滔的江河，奔涌的湖海……

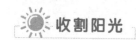

巍峨的大山，有泉水的盛情。也渐渐把所有的情所有的爱，献给了那一大片青葱着的一草一木，一花一果，以及所有的鸟兽禽鱼……

三

在密林深处，在崖域间，这清澈的泉水，是如此的和谐、完美而动听；就是细读青苔的姿势与芬芳，也是一则则感人的故事，倘若没有泉水的滋润，泉水的养育，那又如何能直挺挺地爬在崖壁上？

这清清的泉水，这生在大山、长在石缝里清凉甘甜的乳汁哟。纯净是她的本质，透明是她的化身；就是偶尔高高站立，飞流直下，也能扬起了生命的浪花，谱写了一曲生命的强音与自然的欢歌！

种　子

一

参天大树的高大挺拔；百花争艳的芬芳吐绿；秋获累累的殷实硕果；金秋十月的稻菽飘香……就是寒冬里，翠柏的傲雪，榕树的葱茏，蜡梅的怒放，也离不开大地漫漫精心孕育出的骄子——种子的力量。

沉眠的种子，默默无闻，从不孤芳自赏。没有华丽衣裳，没有艳丽的装饰，朴素地连自己的名字也是那样平凡。然而，每颗细小而坚实的种子，都蕴藏着一个伟大的梦，一个春华与秋实的坚贞构想。这一梦和构想一旦被春风春雨化开，就有了茁壮的力量，破土而出与傲然挺立也就在了咫尺间。

种子，对未来充满向往。只要认定一个目标，从不彷徨，哪怕遇到一点挫折，也不气馁不悲伤，依然努力抗争着。就是风的游移，水的急流，也能随处安家。

二

这细小而坚实的种子哟，只要一遇金阳的妩媚，温暖的空气，充足的水分，就能骄傲地抬起头，冲破层层厚土的封锁，即便是贫瘠的土地，也能接受寸土消瘦的考验，倔强地探出头来，去迎接和风的沐浴，细雨的滋润，阳光的洗礼。她的生生不息精神，她的掘地奋起意志，总能化渺小为伟大，化平凡为高尚。

啊，种子，内里总燃烧着生命的火光。浸在水里的，要膨胀；埋在地里的，要成长；就是岩缝中的一枚细小的种子，也要利用光和露的作用，燃起心头那把火热的情，渐渐地，一步一履，与风雨抗争，和霜雪搏击，终攀缘过岩石的陡立和艰险，无畏无惧地耸立在自己生命的巅峰！

三

我愿是颗沉眠的种子，渐渐孕育我内心燃烧的激情。用我平常的心，于这不平常的大千世界里，随风的方向，不论条件好坏，从不吵吵嚷嚷；不论是悬崖峭壁，还是沟壑险滩，哪怕是人迹罕至的地方，也照样有我生存的空间。然后，将那一枚枚绿叶，一朵朵红花，一累累硕果，洒遍人间，留给世界。

因为，我的心，就是我的种子；我的路，就是我的春华，我的秋实。

映山红

一

一簇簇，一丛丛的，如是天边的朵朵云霞，摇曳在郁郁葱葱的山坡上，山涧里；更像少女殷红的美嘴，缤纷的发结，亮丽在故里青山巍峨的怀抱。

这——便是我童年牛背上悠悠岁月，日日所憧憬的映山红。

于那物质贫乏，精神饥馑的年代，一线岩缝就是一线生机，一处风景就是一节生动的课堂。如是老牛拉着沉重的犁铧，也要边叹息边啃着地上的杂草。我们也如此边过着快乐的牧童生活，边寻找山间的野物。幸好，这其中还带有淡淡的野趣和甜甜的向往。

二

映山红，这故乡山野最常见的野山花。每到春日小草探出嫩黄的头时，也是野山花最茂盛的时节。我们把牛放到山坡上，便直奔那片花海去。

这时节的野山花异常地鲜丽，各种花儿五颜六色，姹紫嫣红，形态万千。她们红的似火，白的如雪，粉的像霞，紫的同茄……在春阳的沐浴下，在微风的摇曳中，像是在与你频频招手，声声呼唤……

大伙儿到了这片花海，便争相采撷着，捧在手里直欢呼。那一阵阵浓郁的清香，直扑鼻而来，多让人沉醉，直熏得个个成了香味十足的可人儿。

三

大伙儿最喜欢的当数那美丽的映山红了。她不仅鲜艳多姿，而且香味十足。她燃放时像火山爆发一般，昨日还刚刚吐出花骨朵儿，今晨就绽成了带有葳蕤花蕊和粉嫩花瓣的成形花朵，并呈紫色或玫瑰红展现在你的眼前，你的心里。那淡淡的清香就是在数米外也能闻得到，倘若是逆着风的方向，那数十米也不成问题。

如此色香味俱全的映山红，她从心底奔涌出的色彩，闪烁成五角绽放的光芒，于这片茫茫连绵的花海里，有独树一帜的耀眼，如是夜空中那数枚最美丽的星辰，又似高高的山头上，擎起五星红旗般的骄傲和伟岸。

映山红，馨香中弥漫着硝烟，鲜红里铭记着历史的记忆。于今，我仍记忆犹新——那潘冬子映山红般的传奇色彩。

四

啊，于那厚重苍凉的岁月，我即便株是崖畔弱不禁风的瘦秋草，有了这映山红的精神依托，还是快快乐乐地走了过来……

如今，她都成了我精神的化身，是人生旅途中遇到困难和挫折时的心理依附。

小 草

一

没有鲜花的艳丽，没有白杨的挺拔，没有高山的巍峨。即便根须，只扎在贫瘠的黄土地，也能顽强地生长。面对野火的烧烤，也能于毁灭中重获新生。

小草这种顽强的生命力，比牡丹更高贵，比荷花更高尚。她葳蕤于山川、平原和路旁；蓬勃于湖畔、堤岸与沼泽。即使被人们遗忘的角落，坑坑洼洼，黑暗的地方，也能顽强地生长，并默默经受所有的风吹雨打。

她看起来是那么渺小，那么微不足道。却在百花争艳之前，在万木爆青之际，就悄无声息地从泥土中冒出来，似乎要把整个春天都带进这美丽纷繁的世界。

二

当一声声春雷响过之后，那星星点点的小草便到处都是。她们如一位位春姑娘踏着细碎的步子，舞着嫩绿小巧的身子，款款而来。在氤氲着缕缕乳白色地气的原野里，山坡上，墙角边，以及叠满牛羊蹄印的路两旁，甚至农家小院的台阶或砖缝里，也都能见到她们的影子……如此的无处不在，正显示她们与世无争的和乐与忘我的精神。

看，她们总在寂静中生根、发芽、生长，并一节节拔高往上蹿。即便成为一丛丛报春的使者，翠绿在人们的所有视线。也从不与花木抢夺有限

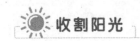

的空间，就是偎依在涓涓的细流里，也一样享受和美的自我人生。

小草这种默默无闻，平凡质朴的生活方式，倘若你不是有意寻找，是不能轻易发现的。然而，她每时每刻都在无私地奉献着，不仅用自己柔软的身段美化大自然，也用自己瘦弱的身躯保护着广袤土地；同时，还为许多动物提供可口的食粮……

三

所以，小草是绿色的天使，让大地充满无限生机；是大自然的精灵，给人间增添无穷乐趣；是美丽的使者，赋予人们无数美好希望。

我赞美小草，不仅因为她是春的标志，更因为她是希望的象征。青青的小草，绿油油，令人陶醉。只要一见到她，我们就能感受到春的信息，春的希望。她的顽强毅力和不屈的精神，也时时激励我们：要勇敢面对生活，微笑面对生命中的所有困难和挫折！

龟背竹

我喜欢在家里养些花花草草。在我所养的花草中，有一株盆竹——龟背竹，堪称是这些花草中的佼佼者！也是我们全家人最喜欢的一株花草。

这种竹又名"蓬莱蕉""电线草"，是天南星科常绿攀缘观叶植物，幼叶心形无孔，长大后成广卵形、羽状深裂，叶脉间有椭圆形的穿孔，叶具长柄，深绿色。茎干上生有褐色的气根，形如电线，11月开花，淡黄色。性喜温暖、湿润环境，忌阳光直射，不耐寒。

龟背竹，它体内含有许多有机酸，一来可以净化空气，夜间有吸收二氧化碳的奇特本领，起到养身健脾的作用，到了白天，这种有机酸又还原成原来的有机酸，把二氧化碳分解出来，进行光合作用，有利自身生长；二来既可观赏又可装饰厅堂，不仅美观又雅气。因此，总博得同事及友人的君临驻足，并前来品评，雅俗共赏，大伙也于交谈花草中获得许多真情与乐趣。

说是我"所养"是有些过分，这原本是我小弟的，只是他全家到了厦门工作，又买房在漳州，一时还搬不了家，就寄养在我这边。如今，这一"寄"，就是十年，小弟每次回家，也总是赏着这盆竹，心里又总免不了乐乎乎的，感觉像吃了一份蜜似的。他也不说声"送"，只是说："行行行，养得还可以。"我知道，小弟对这盆龟背竹还是心爱有加的，丢了心里会十分可惜，他也有爱花草的个性。但小弟的这句话，我心里也就替竹儿乐开了花。

哦，说它是"龟背竹"，是因为叶片呈龟背状，而枝干却以细小的竹节形式伸展开来。除根须扎在蓝色瓷盆底外，每节竹竿上，也都能伸出细长细长的气根，有的直垂到地板，有的要横插墙壁上，直垂的比较细，横插的较为粗，似乎在狠命地用力，在寻找突破围墙的机会，看来它的心思还是挺强的。

这盆放在铁架子台上的龟背竹，是依墙一尺多而立的，奇怪的是——虽然它忌阳光直射，但它的枝干和叶片总是朝着窗外有阳光的地方。尤其是那枝干总斜伸着，要不是有窗玻璃挡住，一段时间后，准会"红杏出墙来"。为此，我不得不每半年左右，给它旋转一个百八十度的方向，使其能"歪歪扭扭"跳着舞步儿生长着……

窗外，就是条繁忙的马路，每天都有很多车辆来回奔跑，扬起的灰尘也就难免要染到龟背竹的身上。因此，我又不得不每隔段时间给它清洗一回"身子"，洁身癖好的龟背竹，每每见我的到来，手一动，也总不断地点头含笑，像是召唤一位最亲密的使者。

哦，爱就在我打开窗户的春风与金阳中，频频送来许多春暖花开的声音；那马路上春的使者，也在汽车的马达声中，从车窗里，不时仍下阵阵鞭炮的声响，啊——也不知是哪位新娘又要登上美丽的殿堂？也让我这贪婪的竹儿，伸长了懒腰，老瞧着窗外的美景……

盆 榕

依窗一尺有余，搁置于一米多高铁架子台上，有一株盆榕，正与龟背竹毗邻而居，相映成趣。窗对面是一片蔚蓝的天空，看起来如屏上一帧美丽的画卷，倘若对面蓝天上，有紫燕斜掠而过，或雁阵"人"字飞行，那更是另一番美景，使人仿佛置身于绮丽的桃源世界……

这盆栽的榕树，有着硕大的根须，如一颗巨大的萝卜头，插在那口瓷盆里，它有个小"颈"，约有3厘米有余，然后才往上与四周分叉出许多枝丫，最让人欣喜的是——每支树丫上，均长出许许多多的须根。为了整树的美观，也为了不使其受到践踏，我时常对其进行修剪，并把直垂到地板的须根，一圈圈地细细盘挽在它的根部，奇怪的是——那须根也能悄悄扎进盆中肥沃的土中，去吸收营养和水分。

榕树的须根与龟背竹的气根，本质上是不一样的。榕树的须根为黄褐色，细嫩的部分为白色，它经受得住你细细地一圈圈缠绕。而龟背竹的气根为青褐色，细嫩的部分为黑色，它经受不住你稍微地折腾。于是，我就时常去细心梳理榕树的根须，把较长的部分挽在根部，如少女的发髻，十分靓丽秀美，并留一部分直垂的根须，既美观，又能吸收空气中部分的养分与水分。

这株依窗而立的盆榕，面向窗户的一旁，总是郁郁葱葱，枝干也会斜向那一边，为此我总免不了要每隔半年左右，给它调转一个方向，使其能全身"肌腱发达"而"葱葱茏茏"地生长！

榕树的生命力很强。它根系旺、枝叶繁、易生长、耐修剪、寿命长，而且神奇多变、形态别致，是栽培树桩盆景的优良用材，倍受众多盆景爱好者的青睐。它属于桑科榕属乔木，原产于热带亚洲，以树形奇特，枝叶繁茂，树冠巨大而著称。枝条上生长的气生根（俗称称"须根"），向下伸入土壤形成新的树干称之为"支柱根"。榕树高达30米，可向四面无限伸展。其支柱根和枝干交织在一起，形似稠密的丛林，因此被称之为"独木成林"之说。巴金就曾写过《鸟的天堂》一文，文中就有如此描述："我们的船渐渐逼近榕树了。我有机会看清它的真面目，真是一株大树，枝干的数目不可计数……那翠绿的颜色，明亮地照耀着我们的眼睛，似乎每一片绿叶上都有一个新的生命在颤动。这美丽的南国的树。"而盆榕，则与人相居，露丑于后，示雅于外，给人以一种美的雅观，美的享受。

燕　子

一

灰背黑翅白腹的燕子，一身清清爽爽，是那么的纯朴，那么的简洁，如是水灵灵的江南妹子，走过那条古老的巷道，留下窈窕清丽的影子。在她如影般剪辑过蔚蓝天空的瞬间，更似水中一线缕缕的疏影，总淡然着逝去的忧伤……

其实，已是初春时节，燕子随风而去，也无需做委婉的道别。同是风送的日子，她很快又会回来，即便是梦境里的春暖花开，也有燕子翔临的时候。

二

在朗朗的日子里，满天飞翔的尽是燕子遗下的梦，一条条，一线线，一缕缕，正大片大片地蚕食我们的眼帘，我们的喜悦，并幻化在我们的心底，灵魂的深处，成为一道道优美的风景线，咫尺天涯，若即若离的，点缀在了眼前。

这春的使者啊，那轻轻地一声声细语呢喃，正用美丽的歌喉，细细吟咏一阕阕娟娟的小令；也让禾苗挥舞嫩绿的小手，不住地欢歌舞蹈；春花羞红着脸，舞起碧绿裙裾，秀美的身子；清淙的小河，也以最美丽的歌声，合着你的二重唱……从那一杆杆流水型的电线上，我清清楚楚看到，燕子正细细谱写一首首春天的赞歌——春的美丽音符。

三

哦，你用黑色的翎羽，点亮光明的前程；以流质音乐的方式，抚过每个蛰伏的心灵。你是爱的光明使者和春的播种者，在把美丽的光灿引向人间；并以电的速度，将美好、喜悦和激情播撒大地。

在你不经意掠过的一瞬间，惊起一池春波，你是否也在向我们诉说，这春日的美好与春光的激滟，是何等珍贵。要珍惜这来之不易的光和景，才能塑造美好的人生。

啊，我愿是只呢喃的小燕，在这风和日丽的春日里，把春天讴歌；再细细谱奏我生命的乐章，把美好的未来，托付那片蔚蓝的苍穹……

老 牛

一

踩一片厚实的土地，俯下身子，把头埋得很深很深，为的是——细细聆听厚土情深的声声叮咛。

没有忧伤，没有埋怨，没有哀愁，只是一味地躬耕世世代代的梦想。所有的酸甜苦辣，尽在你的一步一履间，翻卷一痕痕土地的浪花，如是老父沉沉的臂膀，从不言春华与秋实，只一味地辛勤劳作。

是土地的深情，还是你的无私。蓝天下浪卷的稻花，就是你最好的表白，最美丽的抒情。

二

如此肩负生活的重轭，日日耕耘着希望，耕耘着幻想。也令阳光感动，洒下束束金色的光芒；让风雨动情，挥毫帘帘泪落的诗行。

不管是贫瘠的一方，抑或肥沃的一角，都浸透你浓浓的血汗，优美的诗篇。

当人们把温情的目光投向你时，鞭子又抽向你时，我疼痛的记忆，栩栩如生着——老父步履维艰地日夜耕耘那块深情的热土，亦如老牛般，拉着沉重的负荷，在平凡与伟大间，不断书写自己的人生春秋。

三

于天地之间，老牛在绿色与金色的氛围里，坦荡着无垠的心扉，奉献

与给予成了它生命的主题。

吃的是草，挤出的是奶。把所有的心思，都交付这片深情的土地，即便翻遍所有的沃土，也没有选择的余地。这就是你的人生，你的秉性。

"朝耕及露下，暮耕连月出"，不仅道出了老牛耕作的勤劳，也写出了老牛对众生的贡献，而自己却一毛不取的奉献精神。

哦，也请不要忘记，这世界仍有许多老牛般的人在无私地奉献着，我们才能见到美丽的鲜花与明媚的阳光。

萤火虫

一

或来或去，忽明忽暗，若隐若现。你不是太阳，不是月亮，却提着一盏盏小灯笼，闪烁童话般的幽深。

啊，萤火虫，这乡间夜幕下的精灵。

蓦然回首，那遥遥的记忆里，这一群会飞的小生灵，总引领我童稚追赶的步伐，扑闪朦胧的光和影。她没有叫声，却能穿越茫茫的黑暗；没有变形，却能忽高忽低地飞行，并自由地滑翔。以柔软的身躯抵御严寒和闷热，用微弱的光线照亮自己的前程。

那时，我多么希望我也是只闪着星光的萤火虫呵，能在点点的微光里划破所有的惘然岁月。

——因为那是一个多怅惘而迷茫的童真时代，倘若有这星星点点的闪烁，也是一种美丽的幸福，一种美好的安慰。

二

为你的生存，你快乐的情趣。你夜夜穿梭于树林中，飞行于花丛里，舞动在堤坝上，嬉戏在庄稼间，闪烁伴随翅膀的飞翔。以歌者的名义潜进心灵牧场，轻轻地把梦引进深处。去冲破黑暗的束缚，寻找心中的光明。

在故乡的每一个日子里，我快乐的心灯也时常被你点亮。那瓶子里总透着夏夜的神秘，是我最亮丽的追求和最高的向往。如黎明前的启明星，

时时映称你闪烁的光芒和美丽的心眼。

——因为我年轻的心，也如萤火虫般，有了点点的希望。如若再有朝日的黎明，那耀眼的旭日就会普照我的人生。

三

如今，穿行于夜晚的乡间，望着你，总感你照亮的黑暗有一种很深沉的忧郁和疼痛。感觉时光的恍惚怎么如此之快？昨日还在与你寻求光明的娃娃，如今竟被时间照亮了银白的华发。我不禁潸潸然又无以为对，是时间的车轮碾就了我前额的沟沟坎坎，还是你夜夜在我的发间筑了巢，也让每一根银白的华发，成通明透白的点点荧光？

如果没有夜晚，萤火虫只是乡间翩翩翻飞的虫儿；如果没有灯火的参照，她的光亮也会黯然失色。倘若没有童贞的纯情与青春的热烈，我又哪晓得时间竟过得如此的匆忙。岁月的变迁，也在那萤火虫的一晃又一晃里了……

所以，我只有像萤火虫一样，努力照耀自己所得看见的世界，不断前行，不要再让有限的时间悄悄地从我眼前溜过，从指缝间滑走。

乌 鸦

一

她是一种黑色的精灵，是黑夜辛勤耕耘，留给白天的一朵花儿。

她是一曲冷艳的音符，是蓝天精心构思，留给世人的《夜之歌》。

她是一首冰冷的词阕，只可吟咏，不能抒情；只可高唱，无法表达！

二

人们歌颂蓝天的辽远与秀丽，我赞美乌鸦的不屈与奋起！

从不曾有人拿鹰与乌鸦相提并论。可面对悬崖绝壁，高寒雪冻，虽有部分鹰能一跃冲天，但因此而折伏或摔伤筋骨，最终丧命的也不乏其数。然而，谁听说过，乌鸦面对如此绝境，也曾屈服或摔死？她们起起伏伏，冲高飞落，又一跃而起，潇潇洒洒，视蓝天为自己的"家"，是何等的快乐与欢欣！

这是一种神秘的幽灵，她往来于天地之间，伴随一声声嘶哑的鸣叫，来无影去无踪。虽着一身光滑的黑色衣裳，但满脑子尽是上升的思想，尽是不屈不挠与奋起抗争的意志和精神！

面对困境，乌鸦从不躲避或回绕，有的只是选择和判断。睿智、果敢与勇猛是她排除困难的动力。

面对绝境，乌鸦从不曾畏惧或哭泣，只有悲鸣和惨叫。坚忍不拔，无畏无惧——是她最大，也是最显著的特征！

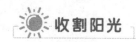

最重要的是——乌鸦有着超人的胆识和毅力，她翩翩翱翔于白昼与黑夜之间，即便是夜莺，也不及她的勇气和毅力。

超越自己，超越梦想，是她日日夜夜所期盼的。所以她能视蓝天为自己的黑土地，并永无休止地辛勤耕耘与劳作，换来一副强健的臂膀，所以她能日日夜夜躬耕于自己的家园，自己的一亩三分地，有着其他鸟类所不可比拟的图腾美、冷峻美和升腾美！此外，她还有锋利的爪和嘴，叼起与吞食，争斗或毒打是她的强项。所以，乌鸦最能赢得蓝天的话语权，故而其他禽类和鸟类大都敬而远之。

三

也正因为如此，她那翻飞的影子，足让一些心理浮躁的人坐立不安；嘶哑的叫声，也让心有余悸的人惶惶不可终日。他们总感世界末日的来临，抑或昭示命运的不祥。所以，许多人视乌鸦为一种不祥的征兆，把她那凄厉的叫声视为惨绝人寰呼叫，其实那只是动物的一种本能，是自然所独具的。

四

而我，则习惯于她那翻飞的影子，"丧钟"般的叫喊。感觉那是一种冲锋的号角；一种战斗的轰鸣；一种能点燃内心热血与激情的一把火……

所以，我赞美乌鸦，赞美她不屈地崛起。为了生存与生活，她日日翱翔于蔚蓝的天空，用一口尖锐的歌喉，歌唱大自然，歌唱春天，歌唱这美丽而幸福的世界！

因为，她是太阳题写在蓝天的——最纯洁、最亮丽、最传情的最后一手枯笔！

爱情时节

江畔别情

一

汽笛拉响的时候，你把名字种植在我日记的扉页。我那橄榄色的相思，便愈加青翠了……

真想，真想握住你纤细的小手，挽住你美丽的倩影，重返故里的山中，去采撷烂漫的山花，去聆听百鸟的啼唱……

二

晚风撩起半江灿灿的碧水，江岸的杨柳飘飘拂拂，随风依依，挂满叮叮当当绿色的小诗……

你的微笑，绽成娟丽的紫罗兰，我要用你蓝色的花瓣，去罗织许多梦的衣裳。让每一个迷蒙的夜晚，都缤纷你色彩斑斓的笑靥，以及——你翘首以待的目光……

三

又一声沉重的汽笛，夕阳在你的眸海，酿出两泓清醇的泪。道一声珍重，再道一声珍重。

目光——开始拉长我们的距离。你那痴情的红手帕，开始抖动我心中爱的涟漪，激滟我心头情的波澜。

啊，远山，远水，还有远方的你，已渐渐模糊……只有岸边的岩石，仍一如既往地——默守我的坚贞！

爱情与童话

爱情是人类最崇高、最圣洁、最美好的字眼，她的美丽光环，贯穿人类历史长河。从关关雎鸠巫山女神，到男子汉誓言少女小夜曲，她无不那么神美，那么甜蜜，那么使人心旷神怡。她的浪漫情愫，足使枯竭的灵魂苏醒，让紧闭的心扉洞开；即便是瞬息的碰撞，也会闪烁激越的火花……

爱情犹如童话，但绝非童话般虚无缥缈。只要心存一份圣洁的领域，圣母玛利亚的女儿便会悠然而来。所谓"秋波频频""心心相映"便是很好的见证！把握好那最初的一瞬，让心电感应开启爱的引擎，那么亚当与夏娃的乐园便为时不远了。

有人把婚姻当作人生的一座坟墓，这是对爱情的亵渎！让婚姻来维持爱情的人是十分可悲的，但五千多年的文明史，人们又不得不让伦理与道德占据爱情的天平。在权衡二者之后，有人会重新理解爱情的真谛，让爱情重新步入亚当与夏娃的童话乐园；有人则高举着普罗米修斯的盗火之手，让无私的光和热，照亮心灵的幻想小屋，这种人虽虚幻了一些，也缥缈地如似"梦游天姥"，但其精神境界而言，毕竟更进了一步！再有者，便是把爱情禁锢在婚姻坟墓里的人，这种人不仅害了自己，也害了他人；不仅十分不幸，也是不可理喻的！

无论如何，爱情终归是一种美好而崇高的精神乐园。童话里的爱情世界令人神往，现实中的爱情童话，又何尝不让人陶醉呢？

播种爱情

　　拾起一枚金灿灿爱的种子，播种在那弯明澄澄的山岗岗上，让朝朝暮暮的守候，让时时刻刻的默念，成为我铭记于心的恒久记忆，成为我永生永世不可磨灭的印象。

　　我日夜等待，等待那心有灵犀的一阵春雷，等待那破土而出的一声呼唤。就这样，我守候着，守候着……啊，你的欢呼，我的拥抱——即将写意着人间最真切、最动情、最醉人心魂的一幕！

　　圣姆玛丽亚的女儿——我的爱之神！

　　不必说，把梦留给未来吧；你一瞬间的萌动，将触发我内心的激情。也不必说，你的姗姗来迟，又如何勾起我无限遐想，以及心的无数向往……当沙沙的春雨悄悄走过，当和煦的春风阵阵拂过，你心的憧憬，我爱的忠贞，在历经沧桑，饱受寒袭之后，你终会在孤寂中破土萌芽，我亦将挥舞着双臂，迎候你的到来……

　　这是一种新生的力量与爱的追求，这是一种精神的留恋和崇高的向往。在相互拥抱与携手并肩的前行中，严寒与烈日的煎熬，挫折与崎岖的并存，是我们必须共同面对的！

　　是的，"无为在歧路，儿女共沾巾。"这或许也将是我们必须时时面对的一种现实，一种十分无奈而无法回避的课题——爱情，难免总要面临别离的时刻。然而，既然播种爱情，就要架构一座心心相印的连锁桥；就要打开一扇通向未来的"爱"之门；既然播种爱情，就要把今生今世的全部希望，托付给明日的收获！

永恒的爱

或许，在这世界，坚如磐石，浓似烈酒的，是我那甄永恒的爱。多少年了，我无意唤醒什么？只为一笺你从天而降的信诺。仰望辽阔的苍穹，那轮皎洁的明月，我日日盼日，年年盼年，月圆的安慰与月缺的遗憾，总无法让我划上一个完美可人的句点！

一番沉思默想之后，我终悟出一道哲理：或曾亮丽的人生之路是一条无尽的小径，只有过程，没有结果。人生的月圆与月缺，亦如小道上的平坦与崎岖。所以，爱的失足与情的挫折也就在所难免。

但即便如此，我仍心存一副鹰的翅膀，在我拍翅过的天空，会遗下一片片真诚与永恒的爱，然后再化一股股铁血的洪流，去冲刷整个森林、草原、泽地……哦，我不在乎天长地久，只在乎曾经拥有。

我会用我全部的激情，倾注在你期盼的心灵！请相信我吧，只要我的执着，我的爱，仍停留在你的心路旅程，在你翘首以盼的明眸里，在不久的将来，你将迎候我——迎候我在雪夜中歌着凯旋而归！

这不是一个神话故事，也不是一曲无主题的交响乐。当爱的信守折成鹰翅时，她就注定要练就一身翱翔蓝天的筋骨，去编写比神话故事还动听的传说，去弹奏一曲曲动人心魂的交响乐！

啊，我愿在季节的风景线上，让心中永恒的爱，一遍遍地呼唤春日，呼唤雨露，并呼唤你的名字，直到永远，永远……

相思魂

剥开层层记忆，往事便萌生许多嫩芽。葱茏在案前，打湿了我的稿纸。

你在桥上站成一道亮丽的风景，一道春日里亭亭玉立的写真；我在桥下，专心掳掠你的容姿；在你悄悄一回眸的瞬间，一波荡漾的春水，一股暖暖的春风，让我怦然心动。

这本该结束的话语却刚就开始。从此，落叶纷飞的信笺就没有了季候的更替。一叶知秋，所有的故事与情节尽在了不言中。而雪片般纷飞的祝福，更预示着春日的来临。

最是你含情脉脉的一回眸，最能湿透我一夜的梦境。让我千呼万唤也扯不住你梦的衣裳。我只好，只好乘一弯细细的月牙，用星光之橹，借流星之火，沿广袤的苍穹，渐渐地，渐渐地划向你温暖的怀抱……

看着你飘忽的身影；嫦娥般挥袖的裙裾；回眸的一笑……我清瘦的怀想又渐渐丰满起来。赶着朝阳，望断夕落；盼着月圆，牧放星辰。即便快马扬鞭超越了时光，也无法抵达你爱的圣地，收拾你的铮铮誓言。

思念，是一叶红色的期待；而期待，往往是一纸辛酸的空白。为追寻你含情脉脉的一眼，我几近付出了孤苦的无奈和寂寞的长夜。

为情而付出，难道不也是一种率真，一种给予，一种精神？

隔着爱这层薄薄的纸，你当否也在那一端燃情相思？要不然，要不然你那深情的一眸，偏就灼痛了我的诗行？

啊，你走了这么多年了，还是走不出我缠绵的梦境；走不出我深切的思念；以及——你那悄悄地回眸一笑。

放飞情思

折一缕星光，沿着逝水流年的古河畔，我悄悄来到我们青春的港湾，爱的河道口。看你遥遥的每一挥手，都成了我梦中挥之不去的情影；你柔柔的每一声呼唤，都成了我一曲曲温婉清丽的恋歌；你乌云流水的秀发，也总绵绵地缠绕在我梦的所有呓语中……

我为你汤汤的小河而来，为你青葱的岁月，亮丽我的诗心话语。于过往所有岁月里，我总日日相依相守你情相恋的水岸旁，为你一束束，一叶叶，一缕缕多情，注入生命中的点点滴滴。哦，爱的枝繁叶茂，总离不开我们情深深——那一片心的肥沃与根的发达！

放飞我的娟娟细语，以一笺嫩绿的诗情，挂在你依依的柳梢头，并托柔和的风儿，遥遥系上蔚蓝的天宇，让一缕白云，情牵牵赠予你，我的天涯伊人啊。

放飞我梦的遐想，用我无限情深，望断天涯，渐渐融入你——春日涛涛的云霓，以无限美丽的纯情，日日写意我们爱的诗篇；夜夜吐露我们心的芳菲……

放飞我心的恋歌，有前尘的约，就有后世的情，你的每一颦一回首，总让我时时系挂心头。当紫燕衔回春的第一缕金阳，你候鸟的归程，也开始了新的航程。我就在我们情相恋，难别离的古渡口，为迎候你的归来，日日树一面心的旗帜……

哦，驻足爱的河道口，我们再没有别离的潸潸泪，只有一挂云帆的共言语。为了夏的热情与秋的丰硕，我们将放飞无尽相思。

别离相思情

别离的站台，你两汪深情，渐渐涨满，我一湖心海。就是如何涌动的春潮，也卷不去，你一心情牵，两潸涟涟。啊，多想，多想拽一把你纤细的小手，重返花前月下往日的流连……

而依依的逝水，总是如此无情，也把我昔日的几多梦语，随你滔滔而去的春水，日夜漂泊成车轮下滚滚的红尘，渐渐随你而去……啊，我昼思夜想的所有青葱岁月，也都枯瘦在你一翅折断的秋梢头。

最是春雨沙沙的雨夜，总把你融入心的最深处，用一记殷红的相思，两帘涓涓的心流，细细把你包裹，并注入我潸潸的泪雨，然后精心哺育成一朵朵思念的玫瑰，捂在心中，梦中。期盼如梦的爱情，明日有春暖花开的时候，来缤纷我们五彩的纷呈，并驻足我们未来的世界。

如此的夜，是一块黑色而肥沃的土地，在这美丽而圣洁的桃源里，有一棵葱茏的相思树，正不断纷繁我们无尽的爱恋。你别离前的几多娟娟话，也总如淙淙的小河，荡在了我黎明前的相思里。哦，于我梦的出入口，正回徊你一帧帧靓丽的倩影。

道一声珍重，再道一声珍重，把所有灯火阑珊情，遥遥赠予你。天涯有你的夜相思，咫尺就有我的梦里情，且将我心系白云的一线牵，也托长长的一缕清风，柔柔挂上你的心田，成为你归来的一叶小舟，一翅飞羽，去踏浪我们的爱情与人生之歌！

为如期迎候你的归来，我日夜守候梦的伊甸园，深信：与天使冉冉一同出现的，不仅有你亮丽的歌声，美丽的身柔，更有我们——亮丽而温馨的童话般爱情！

爱情恋歌

没有灵魂的招引，没有思想的传唤，只有爱神的引诱，只有情往的驰骋，以及对你炽热的向往。我以初阳突破云霞般的闪射，在我芳华岁月里，一束束，一把把，自上而下，用阳光的笔墨，热情速写你春草的葱茏，并植下我一棵棵神奇的爱情树。

面朝春暖花开的爱情神奇，我借大海的激情，又一波波，一澜澜，滔滔着我无数心声。即便你是岸边的一枚沉睡数万年的崖石，我也要一回回浪击——你那枚沉沉数千年的梦，将我一朵朵流云般柔美的浪花，纷呈在你的双眸子底下，去搅动你那颗爱与情的种子，唤醒那枚沉寂千万年的芳心。

迷航的日子，我只是一条涓涓的小溪，还未曾发现你这一巨石的存在。于所有逝水流年的岁月，我的一江春水，才日渐汇归于大海，溶归于日夜滔滔不绝的人生，我涌动着的波澜壮阔，才渐渐发现，你的存在，是为我而驻守；我遥遥的寻觅与相接，也在不断为你撞击，并敲响一扇紧闭数千年的心扉。

看一挂挂时间的帆影，就这样一晃而过，我风动水涌的相思，终敲开你那扇沉寂的大门。哦，在我花繁的日夜里，你总不停地在花前月下悄悄你的呢喃语；我也滔滔不绝我所有的浪里人生。最让人无法忘怀，是经年的履迹，许多记忆里的余香，仍留有彼此梦的余痕，还点点滴滴闪烁着无数星光……

啊，相守爱的缤纷路，相携情的桃源水。我们日日吟咏如梦的浪漫人生，也把一曲曲生的希望与死的渺茫，歌咏成——十里飘香，玫菊竞相开放的人间天堂！

爱的蓝天与大海

于三月春雨沙沙的时节，你把一帘帘思念的种子，淅淅沥沥挂在了我的屋檐，我的窗前，又渐渐，渐渐地弥漫成一幅迷迷蒙蒙的远山近水画——缕缕云雾，如纱般缠绕戴青色的山峦，成挥袖着的嫦娥；涓涓的细水，环绕细细的山涧，清凉着悦耳的和鸣，似奏着轻柔的二泉曲……哦，你的柔情，我的牵挂，也总依依在了，我们心心相印的满湖涟漪中……

我借杨柳的情牵，于这样花开的日子，向遥遥的你，吐露一叶叶嫩绿的思念，让缕缕风送的白云，悄悄拂向你的心田，点缀你日日如诗，夜夜如梦的相思花，并轻纺在你所有梦的呓语中，缤纷在你甜甜的记忆里，烂漫在了我的相思画廊。

啊，我愿在如此美好的季节，采朵玫瑰赠予你，让爱的相携与共，日日寸草芳生，来桃源我们美丽的爱情家园。也让你的情依依，我的遥相挂，驻足在咫尺天涯间，成为没有季节的一鸿飞越，夜夜闪烁在瞬息星光里……

想你，如舟楫向往滔滔的江河与蔚蓝的大海，只要有你的一江春水，就有我的一叶风帆，遥遥向你前行；爱你，更似翔鸟，憧憬无边无垠的蓝天，只要有你的蔚蓝，就有我翱翔的双翅，迎风而展。

可不是，只有爱的波澜起伏与情的广阔无边，才有跌宕起伏的人生和不懈追求的美好未来！在即将到来的所有芳华岁月，你是我人生中的一条河，我是你生命中勇敢的舵手；爱的蓝天与大海，注定我们将走向——心与心的相辉映，手与手的相携同。

不离不弃永相随

　　流水的岁月，绵绵几多依依的情牵，如草原上，一曲迂回弯弯的小河，日夜唱着欢乐的歌。你无限情深的一频一回首，也总潋滟着无数情动的涟漪，一缕缕，一挂挂，泛起我夜夜相思的波澜。为你守候日出的瑰丽，我愿夜夜天伴朱霞，驱走你心中，黎明前的黑暗，然后再陪你，与天使一同走向永远……

　　我的心，是你永恒的驻所。这里，只有桃源中的爱，没有四季里的情；我的春暖，也是你的花开；季候的变化，仅存四季的春。而我，也是春风里一阵阵浪迹的歌，咏颂你不再迁徙的驻足。其实，有情的沃土，就有爱的葱茏，脉脉含情里的心心相印，就是我们的根。请相信：有缘的人生，才有心相随与爱相依的永远！

　　以情汤汤春日的骏马，奔驰你心的辽阔草原。爱，在金阳丽日下，闪烁七彩的光环，绚丽无限青翠的遥想，并轻轻地，柔柔地，随着时光的车马，铺向了远方……而我，就在你的身后，紧拥你纤细温柔的身子，为你人生美丽足迹，不断挂足风帆与策马扬鞭。

　　啊，爱在一浪又一浪中，荡起你温柔的秀发，嘚嘚的马蹄，也将——踏碎所有风花雪月……

　　面朝花开的朵朵爱情，我的一往情深，正日日有你温暖的深情。不是挂在情切切的双唇，而是依附你柳依依的心，一枚沉沉的相思恋里。哦，也请相信我，我的地老与天荒，来自我们前世预约的情。我无限连绵的爱，也来自——我们今生不离不弃的永相牵！

盛夏里的爱情

曲径通幽，是我们花前月下相拥相依与相思的呢喃。我折一缕星的光灿，播种你的双眸，你的心田。你桃源着的两情流水，便涓涓着无数向往……

于如此美丽的盛夏里，你风铃般的柔歌，总轻轻扬逸悦耳的和鸣，成小桥流水中，两情愉悦的润响，在不断打开我的心扉，我遥遥的梦想。我火热的激情，也如夏日初升的朝阳，在时时为你开辟一片蔚蓝的天空——爱的自由与情的神往。

可你一别的离去，总让我相思无尽。为朝日天使的冉冉，我夜夜筑就霞光满天，即便是海市蜃楼的虚幻，也要为你吟咏一首首大唐的诗篇，再采撷一束爱的启明星，早早洗尘你今晚的归来。

哦，我就在黎明最圣洁的码头，我们别离的古渡口，竖一挂心的风帆，候你今晚的遥相归。

不想离开你，是因为星月永相牵，水与岸恒相依。系挂云端，是你依依的一片春心，总连绵在了我夜夜花开的相思里。我一枚沉沉的心石，也总坠入一泓遥遥的情海，把你爱的波澜，溅起滔滔不绝的浪花……

想你，在星月璀璨的树下，我一往情深的泪帘，也盼纷纷的光灿。你是否也在如水的雪月下，念念我的名字，我情潜潜的双眸？

哦，于如此夏的热情里，也请快快驭上心的翅膀，挂上一叶心的风帆，回归——我们爱与梦的田园。

春暖花开的爱情

采一束春日鲜丽的玫瑰，系上我心的最爱，情的最暖。并托遥遥的星月，风送我依依的柔情，也把我一腔殷殷的期待，和连绵的祝福，殷红成一朵朵春日里初放的花开。

你美丽的笑靥，总时时挂在我眼前，系在我梦中。为我夜夜的呓语与缤纷的梦中画廊，增添几多美妙乐章和亮丽的色彩，我的声声呼唤，也在你甜甜的思念中，挂足一叶心的风帆，为你即将回归的远程，风送我几多相思的话语。

我就在你心的码头，梦的七彩枕旁，夜夜情牵你一幅美丽的笑靥——一帧可爱的照片。想你，如一瓣花开的容颜，正面是我心的情牵，内里是我梦的根源。我把心的所有挂念，都沉沉落入你的情海，你一记心的七彩浪花中……

如果不曾有爱，又哪桃源得了，这逝水流年中，一季春的真情？倘若不曾有情，又哪鸿雁翻飞，一封封美丽的信笺？你的鸿翅片片纷飞，就托付你满怀真情；我望断天涯，也在不断寄予你无限真诚。

哦，无法别离的情与爱，总时时挂在你我的心头，似蓝天里天涯咫尺白云一线牵，就是几多剪辑的紫燕，也无法割舍，我们情汤汤的别离情。

把心，留与遥遥的你，是为你的一翅风雨归程，注足爱的动力。于此春归的美丽时节，也请快快驭上风的翅膀，有我春暖的声声呼唤，就有你花开的美丽时节，以及秋的殷实收获。

相依相守

当金阳，折射进我的窗扉，我的心扉，从那道夜的小河，我揉揉惺忪的睡眼，回归梦与醒的岸边，才发现：你仍在沉沉的梦乡，仍在我精心为你设置的梦的伊甸园，喃喃呓语着无限美好的往昔——或是花前月下我亲吻你如云流水的长发，亮丽的前额，面对满天繁星的无数亲昵；或是坪坝上，面朝春暖花开，你折一束瑰丽的玫瑰，摇曳满心的欢欣，留下我追逐你倩丽的身影；或是一江春水中，我们舟楫与共，相互鼓励的欢欣与笑靥……

哦，春日的朝阳，有你一片神秘的面纱，她题写在大自然的花花草草，也罩在了我心爱人的神情上。

把我心的一片憧憬，连同金阳的照射，日日抵达你的心间。用我一往情深的爱，去撩开你神秘的过往，我的心将不再寂寞。也把你春水般的柔情，情深深注入我的心田，我爱的一叶小舟将顺风顺水，滔滔驶向你无数向往，去追寻你无尽的情与爱，并开辟一处，我们相依相守的家园。

且把所有斑斓的梦境，尽情发挥成我们美丽的桃源。你就是我前世预约，今生情定的最佳伴侣。无与伦比的光与景的结合，将注定我们是蝶飞蜂舞最深情的一对！哦，也请把你的歌献与我，有你春日花开的声音，就有我们秋实的殷殷硕果。我将为你的朵朵花繁，注入我春的无限生机与夏的无限激情。

爱在你我之间，有着永恒的歌；情于你我之间，更有我们不绝的曲。一生的相依与相守，正不断花艳我们四季如春的歌！

春花与秋月间

一江春水的爱情，有飘摇的杨柳，在向你挂别，向你挥手。我一夜心的激滟，也情潜潜地，渐渐涟漪成涓涓的逝水，在向你喃喃着心中的无数言语，无限泪挂。别离的风帆，已如飘飘的白云，在你一片清澈的江水中缓缓前行……哦，看你摇摇地一挥手，泪涟的两潜泪，你当否也记挂，我们昨夜沉沉的相思情，我们无怨无悔的不眠夜，为爱的候鸟能如期返航，且把我一心泪涟的珠挂，也系上你的项间，你的心间，你遥遥的相思里……

望断几多天涯，是我无限的眷念，在日夜把你情牵。你如鸿般的飞笺，也一封封抵达我的窗台，我红色的心扉。爱，在两情间构筑的鹊桥似彩虹般，有心心的逾越，更有情潜潜的互诉。而梦里飞越的几多蹒跚，你的倩影，竟如嫦娥般靓丽而飘飘……成了我一幅美丽的风景画。

多想能回到你的身旁，与你一同奔赴桃源着的美丽风景；抑或，把你拉回身边，与你一起享受红尘外的所有时节。可时间的长廊总是如此无情，季节的门扉，也总把我们排除在门外，我只好遥遥地等待，如一只落单的候鸟，等待雁群的归来……

古道上，忽闻瘦马蹄声急，有缕缕炊烟，开始吻着老树。哦，于我转身回眸的一瞬间，有马上长发飘飘的清秀，正踏碎，所有春花与秋月……

梦的桃源

把绵绵至水的柔情，拂上一江春水的涟漪，让无限连绵的情怀，涓涓涌起，一澜澜涛涛的歌。我的杨柳依依，也在不断——招摇你，并呼唤你，一帆回归的身影。

你无限的情深，总挂满我殷殷的向往。于所有流年的日子里，我把春的嫩绿祝福，轻轻跃上你的柳梢头，为你缕缕纤纤的翠绿，挂满我美丽的小诗，并借风的阵阵呼唤，摇起叮叮当当的铃响……

所有经年逝水中，一切岁月的端口，我都是你梦中的最爱。流水的日子，总沧桑我们叶落花凋的容颜，再无力拾起。可你梦的出入口，却夜夜缤纷我们花艳如灿的青春，我爱的心扉，也总无法忘却，你如日东升的笑颜。

面朝春暖花开的爱情，我一叶心的风帆，已驶进你亮丽的伊甸园，时光永恒的舵手，就是我最忠贞的指南。如果你还在意我生命中的一舟一桨，那就快快跨上我这叶心的风帆，我们一同去采撷山花烂漫的爱情时光。

你是我今生最无法别离的真情，爱的情真意切，有着连绵的起伏与滔滔。把别样的情献与你，我的心，就是你爱河日日向往的大海；也请不要忘记，我的双眸里，也有你日夜鸥鸟翻飞的倩影。

相恋在此生，相思到永远。有花开的时节，就有别样的芬芳，有思恋的季候，就有相思的人儿。为构筑一座梦的桃源，爱的心所，也请快快回归——我们红尘外的季节！

水的灵性

将一渠涓涓的心水，悄悄注入你的心田，并细细播种一季爱的春暖花开，期盼有夏的葱茏与秋的收获，来情暖我们四季芳菲的桃源，孕育美丽的桃花盛开。

为一腔美丽的柔情，我倾注一世水的灵性。在你姗姗来回的窗前，我细细流连你，一生的美丽：颔首低眉的吟语；昂首寂寞的思忖，驻足无声的千年寂寞……再还有什么，能让我细细遥想呢？哦，那就是你——纷飞如雪的一封封飞笺，总夜夜飞临我梦的家园，灿然在我梦与醒的边缘。

相爱中的人生，思念往往比放弃更痛苦。杯影相斟的苦寒夜，独倚窗台，就是望断盛唐的所有星辰，吟尽大宋的几多词阕，也无法一夜泪涟到你的身旁。可遥遥的你啊，是否也在梦的出入口，吟一曲柔柔的唐诗或宋词，遥首缕缕星光，洗尘我今晚的归来！

从不曾有你，到泪落潸潸，你仍是我前尘的预约，今生的情定。看无与伦比的夜夜相思情，就是落红飞花，也难凋去，我们情汤汤的爱和恨。

盼着星月手挽手到天涯，盼着佳人情侣涟涟梦里花。如若岁月的风雨也能把我们涓涓淌到一块，就是藕荷上一点水的晶莹，我们也能闪烁一生的美丽。

如今，就是那枚冉冉的天使，给天空披上一身粉红的华彩，我也要跨越这道窄窄的相思桥，以五彩的霞光，迎你而归来……

因为，爱——有水的灵性。

富丽的构思

捧一掬如水的月光，采一团柔光云缕，去轻轻浣洗，我一夜对你的相思。

把一夜相煎的梦里花，悄悄植上你的柳梢头，让情依依的随手牵，于风中，扬逸起缕缕深情的呼唤——面朝春暖花开的爱与情，你的遥相呼，我的此相唤，都深深系在了我们梦与醒的边缘，成一串串缤纷的七彩雨帘，挂在了我们夜夜的相思里……

把别离的心曲，筑成心心相印永恒的歌，你就是我最美丽的天涯伊人，日夜吟咏着一段段忧伤的小令，如夜莺的啼哭，在清唱美丽的晨光与朝霞。我寂寞的繁花，也如泪露点点，时时期盼你朝日中的缤纷与亮丽。

给你的情，总如连绵的春雨，日日淅沥成三月的帘帘向往，也让一水涓涓的溪流，荡漾起几多柔美的歌，一帆遥遥的心影，从咫尺挂向你遥遥天涯碧海……

我就在我们别离的古渡口，以一束娟丽的花开，日夜相守你的归来，并以我最真挚的情真，遥遥送你一帆美丽的帆程，期待有来年的相归日，能把你拥入我情深深的胸怀。哦，我们将一同去迎候花开烂漫的春天，彩撷金秋沉甸甸的硕果。

爱的富丽构思，总是如此多情而深厚。为一曲亮丽的金歌，我会把所有的银曲铸成心的永恒，并以候鸟驻足过的春梢头，描摹一叶嫩绿青翠的希望，去迎接你，夏的葱茏与秋的收获。

心 语

霞光越来越柔和，呈你我无限连绵的心曲，渐渐迂回在了青山绿水间，像一缕缕揉皱的纱帘，细细地挂在了眼前。有簌簌风声，也在为一幅秋的美丽画卷，谱奏一曲曲悦耳动听的乐声。

驻足你心的码头，一叶梦的帆影让你流连忘返，是我咫尺深情的一望。我无意在你潜潜的双眼，留下我的眸光幻影，可你飘柔的秀发，却时时牵引我长长的相思，就是一身倩丽的背影，也能情牵我连绵的遐想。啊，爱的无限构思，就如此让人浮想联翩……

相依相偎的柔情，望断所有的星灿，也不及你泪涟中的美丽闪烁；你流水般的柔发，也总时时拂向我的肩——我生命中最坚实的岸！

再无法走出你的梦中桃源，把富丽的幻想，交与我们美好的未来吧，为如歌的日子，走向秋实的岁月，我们正点燃一簇簇心的篝火，跨越一道道夜的暗流，并抵达黎明彼岸。

是的，爱的华彩丽章，有时也会面临——滔滔江河的急流与险滩。在奋勇搏击与宁静智取中，我们仍有一颗一往无前的心，奔流在无限向往中，我的天涯伊人哪——

于如此缠绵的岁月里，有风诵我的柔情，雨吟你的清丽，看满坡翠绿的小草，也悠悠荡起了簌簌柔美的歌……

请伸出你纤细的小手，似依依的杨柳，拽着春的衣襟，让我们一同跨越春夏，走向秋实，为一帧美丽的人生画卷，题写——亮丽的爱情春秋。

别离的泪水

　　为迎接晨曦的第一声召唤，我轻轻拉开紫红色的窗帘，面朝细嫩粉红的朝霞，我默默呢喃你翠绿的名字。于如此鲜红的晨光里，有一翅紫燕，斜斜掠过我的眼帘，我沉思默想的心扉，也顿时洞开一扇春的娇柔，夏的激情，目睹所有蓝天的妩媚，霞光的璀璨，我才知道：你早已沉沉没入我的心海，成为一只缓缓游弋于心的小鱼；抑或隐入我梦的蔚蓝，借一羽鹰的飞翅，盘旋在我心的上空，于金阳一闪一闪的瞬间，你一翅的俯冲，即能荡起——我满腹的涟漪，满心的波澜。

　　哦，细细凝眸，悄悄拾起昨夜遗失的碎梦，用晨露的芬芳，再精心培植，我梦里所有的相思花，这时我才发现，你的初蕾早挂上我春日的柳梢头，并渐渐绽放出爱的蓓蕾，那酸涩的青春果，竟一枚枚都是你调皮的笑靥，还没甜润在我的喉边，就伸进我的心里，我的梦里，熟透成我甘甜欲滴的一颗颗红葡萄。

　　不忍离弃你，是因为梦还在延续，你别离的泪水潸潸，总夜夜洇湿我的枕上花，盼与你的重相聚，如盼遥遥候鸟的归程。梦中所有的相约情，都是海市蜃楼，小桥流水汤汤……而真正天使的来临，才是我日日望断天涯，也要翘首期盼的——你的霞光，你的星灿……

　　是啊，有你的夜晚，就有我们的真情，有我的日子，就有我们的真爱。

相思的绿屿

细细凝眸，满天的繁星。想你，遥遥的思念，如一纸缤纷的花，夜夜闪烁在眼前，亮丽在心间，成满天纷繁的璀璨，根植成一朵朵美丽的梦中花，再也无法离去。

把心驻足你的梦梢头，为你春的翠绿，夏的葱茏，美丽我一朵朵爱的心花，再燃亮我红玫瑰的盛夏，一瓣瓣、一朵朵、一枚枚，成一个火红的季节，一片开放的处所，我们就能渐渐收获丰硕的爱情金秋，去沉甸甸一生情切切的真情与笑靥。

啊，我前世预约的佳人哪，我为你燃放的所有爱情心花，已如繁星般，点点挂上了你的心空，灿烂你夜夜的笑颜间。那一笺笺花艳着的边边角角，早为今生的情定，题写我们美丽的爱情春秋。

可你一别的离去，也让我夜夜独守相思的绿屿，成一方无助的孤岛。如若你还在遥遥心相守的河畔，也请挂足一叶情相牵的风帆，为我日夜的守候，再滔滔一江春水，早早会临我梦的码头，我们将一同去桃源一处美丽的心扉，开辟一座今生爱的伊甸园。

当紫燕衔来第一缕春光的时候，你是否也有了新的征程，我就在我们别离的岔道口，植一树依依的杨柳，为你的归来，日夜挥舞我的声声召唤……

哦，爱是一种缠绵，是一种汤汤，她如涓涓的河水，总日夜唱着娟娟清丽的歌……

心的一隅

　　静静地想你，于夜深人静的书房。我知道，这里藏有你最深切的心扉，最美丽的向往，我们温暖的思想小巢，一如同居的燕窝，有着共同的理想、追求与目标。

　　三月芳菲尽，我们驻足的河滩旁，也已百草葱茏，万木苍翠；夏日的烈焰，正缕缕点燃我们心中的激情，一翅鸥鸟的翻飞，也开始把情歌轻唱；几多涓涓的小河，已汇成滔滔的江水；有驰向大海的碧波，正一程赶超一程……

　　哦，请不要歇休你春驰的脚步，夏履的步伐。我们正盛燃一簇簇青春的烈焰，也伸出你纤细的小手吧，只要有手挽手的人生，就有我们风雨同舟的生命旅程，去构筑我们的爱情与未来。

　　我把爱的一帆，驻守你心的一隅，你是否也深切领悟，我火红的温情，在渐渐燃烧着你的心，你温暖的胸怀。你用心的点点星火，闪射我的心扉，我能深切领悟到你的爱心与情深。

　　哦，时时把你藏在心中，是为了日日能与你相守。你花艳的春日，总让我不时轻轻跃上你翠绿的枝丫，用我最真切的言语，悄悄打开你的心锁，即便喑哑成无言的夜夜沉默，我也要用滔滔的心河，直抵你爱的心窝。

　　当你把心的一扇大门，悄悄向我打开的那一瞬间，我涛涛的大海，也涌动起连绵不绝的歌，看波澜起伏的踏浪人生，正描摹如诗的爱，跌宕不绝于耳的情。

爱的春秋时节

渐渐，把昔日花开的爱情，留与缤纷的七彩阳光，用粉橙的光芒，去一次次糅合，她的五彩缤纷；然后，用我轻柔的双手，细细把她涂抹在你亮丽的发梢，清澈的双眸，胭红的双颊，以及纤纤的细手……去构筑，一座甜甜的青山绿水，成我的鸳鸯秀美图。

于如此美丽的季候里，有一曲无限连绵的心歌，就时时跌宕在我们的心扉，在我们爱与情的日日向往里，如一季候鸟的境遇，一江春水的东流，在日夜把我们早已桃源着的爱与恋，悄悄筑进我们——情依依的窝巢和爱绵绵的家园。

想你，已成今生今世最悒郁的情结；爱你，也成永生永世最缤纷的一朵花。你把别离的心伤与苦痛，付与了我夜夜泪涟的枕上花。我只好，只好托付遥遥的紫燕，一翅翅，一声声，去遥遥斜掠你所有葱茏岁月，播撒我点点滴滴爱与情的种子。

这是一折美丽的心伤，一出亮丽的心曲。她时时系在我们的眼前，并奏响在我们夜夜的相思与相恋里。那情深的几多花开，也渐渐随着多少落红，凝结出青青的细果，挂在了你我遥遥的思念里。

当爱的一树郁郁葱葱，也渐渐走向无数的缤纷与盛情，我们情汤汤的春梢秋果，也即将走向金橙橙的丰硕季节。那一笺笺候鸟的金翅，正悄悄飞越你心的上空；一挂舟楫的帆影，也即将遥遥落入我长长的视线，绵绵的起伏里……

幸福的心伤

拉开一挂粉红的窗帘，把心中所有遥遥的怀想，都系上烟雨斜阳中，一翅斜掠长空的飞鸿……哦，你是否也律动梦的长长翅膀，将心中所有缤纷的梦想和无限纷繁的遐思，都挂上蔚蓝的天际——那线天涯咫尺的一线烟云？

我就在你情汤汤别离的窗台，以一束梦中红艳艳的玫瑰，遥遥召唤你，为你往日一头乌云流水的柳依依，昔日情窦初开的含情脉脉，以及一泓深深无限靓丽的心扉，做一回回深深的遥望。并以一只落单候鸟的心切，日日盼你，盼你遥遥的归来……

缘分，在尘世里折磨，乃是一种幸福的心伤与苦痛。你把长长的一笺笺信羽，托风夜夜飞临我的窗台，缤纷我的杯影间。我独钓的心绪，也总时时挂在了你一帧灿然的微笑里，往日我们心心相印的笑逐颜开里。即便是——一挂无言的美丽，也能燃起我夜夜无数的相思情。

爱你，已成一种星月繁空的璀璨，我不想有缕缕的烟云遮望眼，却愿有海市蜃楼的所有华丽与桃源，去夜夜纷呈我们的无限梦境，咫尺你我天涯间的鸿沟。

哦，当所有的别情心曲，也渐渐题写成一季美丽的桃源，我们彼此依依向往的心扉，也渐渐敞开了一扇爱的大门，你的小桥流水，也将悄悄注入了我美丽的家园。

爱的伊甸园

当春花，也燃起一夜盛情的相思，我把无限连绵爱，悄悄挂上了你遥遥的泪涟间，你夜夜寂寂的相思里。为你无数呓语中的心伤，细细涂抹——我情牵牵的五彩缤纷，爱绵绵的七彩斑斓，以及——日夜美丽着的无限思念。

面朝你的一帧如花的笑靥，把所有春暖花开的爱，尽都美丽上了我的心头。如一泉涓涓的细水，总日夜潺潺无限悦耳的心声。于你我无数相思的午夜，我总把夜夜花开的爱情，精心插上你乌云流水的秀发，缤纷你的含情脉脉，亮丽你清澈的两泓清泉，更有——那如日花开着的笑颜。

是的，我把心中的遥遥挂念，也都托付给那翅临空翱翔的飞鸿，渐渐送与你。就是生命中的缕缕忧虑，也悄悄系上那片彩色的朝霞，用金阳的一束束光灿，来题写——我们心心相印的天涯咫尺间。

于如此美丽的季候里，你用一笺笺，早已情结的恋情，托风遥遥飞临我夜夜相思的枕边，为我潜潜的两帘心事，一帆风顺我们美丽的心伤。我就在你心的窗台，用一帘红色的思念，细细摇着你的柳依依，并日夜盼你的一江春水的到来。

哦，真想，真想再放飞心中那一只美丽素洁的鸽子，把最真诚的祝福，最情牵的遥挂，都托付与你。为日夜绵绵的爱相恋，情相牵，去构筑我们爱与情的伊甸园，缤纷我们前世预约，后世定情的一世桃源！

思念花开

一道涓涓的心水，在泪涟我滔滔的忧伤。你把别离的心绪，相思的苦痛，也遥挂那叶迢迢远去的风帆，我遥相驻守的情依依怀想，我只能夜夜梦断你的魂牵，情挂你的连绵，用我无数思念的呓语，去天涯梦的码头，心的古渡口，遥相苦候——你的归来。

把你遥遥归来的一帆舟楫，也描摹进我们春天的一幅画卷，于我望断天涯的情潜潜红尘里，你总是我最瑰丽、最可爱的一点红，即便是在烟雨斜阳中的缕缕白云，我也能海市蜃楼你所有美丽与纷繁，把你题写成娟丽的一笺笺诗行，并托风遥遥送与你。

几多春日花开的爱情，我已交付一束红艳艳的玫瑰，用她最纯洁的爱，最纯真的情，以及最纯美的的未来，遥遥托付于你。并让朗朗星夜里的阵阵和风，把我最美丽的祝福与最纯情的问候，依依送给你，送给我们早已情真的爱的伊甸园。

这是我们美丽的一季心伤，我能献与你的，也只有夜夜孤寂相思的泪含，绵绵无尽的怀想，以及如泉涌般清澈的忠贞。而你，则让我日夜品味无数寂寞花开的相思泪，如朝露荷叶上点点清泪的亮丽，日夜相守我爱与情的纯真……

哦，把你的爱和恋，精心袖珍我相思的心间，盼着再度思念花开，从春情走到秋实，用我们叶叶的纷红，去细细燃放青春的熊熊烈焰，成为一炬永生不灭的爱与情的圣火！

爱与情的硕果

旭日透过夜的帷幕，正是启明星拉开黎明的时刻。我也悄悄撩开粉红的窗帘，只见天涯海角的你，正拽着一翅春日的紫燕，在烟雨斜阳中，细细谱写——我们爱与情的秀丽诗篇……

我把望断红尘的缕缕相思，也悄悄放飞，在你情绵绵的辽远苍穹，为一缕缕情相牵的白云，系上我们往日一段段殷红的思念，成为朝日里的所有霞光与霓彩。

驻足你一帧情绵绵的笑靥，我一挂心的连绵向往，爱的无限憧憬，也总依依飘拂你往日乌云流水的长发，两泓清亮的双眸，以及格格的笑声……并为你烈焰中的所有燃情青春岁月，风助——我一炬熊熊爱的烈火。即便是——天涯的遥遥距离，也有一缕相思相恋的一笺笺情牵，在把我们遥遥挂念。

当金阳，也送来春日里的和风，爱的满山红遍，也将日日心心相印在我们的泪涟间，我们无尽的相思里。你把纤纤的双手，交与我一对坚实的肩，就付与我一生一世美丽的情歌与爱恋。我也将我心中一束束最美丽的心花，最坚实的情感与最忠贞的爱情，托风悄悄付与你，让我们盛燃的所有春情与恋歌，也芳菲在今生今世所有花团锦簇的桃源里。

面朝爱的春暖花开，我们情的夏日烈焰，也将燃起一季火热的盛焰，为秋日的殷实与缤纷，我们将渐渐走进我们的伊甸园。

春日的爱情蓝图

倚着窗台，撩开粉红的窗帘，细细瞭望那缕淡淡的红霞，那枚心中冉冉升起的火红。把心中的所有托付，都遥遥挂上一翅蓝蓝的春燕，去细细播撒，我思念的种子，和别离的心曲。

你把泪别的一帧笑靥，含挂我的床头，让我夜夜相煎的思念花，也总粲然在你的眼前，我的心间，我夜夜的呓语中……我将点点滴滴的忧伤，也一句句，一逗逗，题写成泪潸潸的诗行，依依挂别在了我相思里，你的泪涟间，成一曲曲日夜吟咏的绵绵恋歌。

真想，真想让风诵永恒的情歌，再次撩起你一头乌云亮丽的长发，去飘飘柔柔春天的秀美；让雨吟连绵的颂歌，再次溅起你双眸清幽含蓄脉脉，去涓涓流水清泉的亮丽；哦，也让金阳，一束束，一缕缕，唤回你往日纯美的笑靥。使我们如歌的青春岁月，扬起如花的笑容，一步步，一履履，跨入我们春暖花开的时节。

啊，当春花燃起一炬熊熊的烈焰，我把一炬白云的情牵，也遥遥魂系你爱的连绵里，成一束束依依飘拂的垂柳，在时时摇曳你三月青翠的枝头——爱与情的花开里。

于如此花开的季节里，你把心的所有向往，都托付我一江滔滔的春水。我们舟楫与共的人生旅程，便相依相携多少美丽的帆影。就是一纸最天真苍白的纯洁，也能细细勾勒出桃源中的美丽忧伤，去日夜憧憬我们的连绵画卷，描摹我们春日的爱情蓝图。

后　记

静若处子，收获金秋

　　"孤寂——是一份难得的心物，她能让你静若处子，清似泉澈；又能让你以逸待劳，像鹰一样展开理想与信念的风帆或翅膀。"(《孤寂》)独守书房，长年的孤寂，总让我心驰神往，面对色彩纷呈的影屏，上下跳跃的键盘，我的心，也难以平静。总时不时要抒发一些内心的感受，再跃然于跳动的光标间，让我日日有收割阳光的欣喜。于是，便有了这部散文诗作的出现。

　　起初是《江山文学网》的组稿，与他人出一册系列丛书，后考虑到书号的问题，也就因此放弃。"人到中年，虽然岁月割去了人生的大好时光，可也是个秋高气爽的收获季节，会让你体会到汗水的真正价值和生命付出的意义。"(《人到中年》)在周围文朋好友的支持和鼓励下，又渐渐萌生起了——出一部散文诗集的念头……

　　这部散文诗集，是我近些年创作的五百多首散文诗中，精选出的136首，分六辑编排而成。

　　首辑《人生目标》大都是我年轻时的力作。"锁定一个点，准星就不再偏移。"(《目标》)"坚定的信念，永恒的追求，是执着奋进的基石。只有用执着的人生，执着的信念与追求，去构筑一道全新的风景线，才能实现人生旅途中最动人、最亮丽、最壮美的华彩乐章！"(《执着》）所以，对文学的向往，是我年轻时的一个远大目标和执着追求。

次辑中的《故里亲情》表达了对故乡的怀念，对故土的向往，"站在高岗上，守望山村，遥眺江河奔流的方向，夕日普照的地方，我正编织一副鹰的翅膀——以及那片先辈从未搏击的长空！"(《守望山村》）描绘出了对故土的留恋，对亲情的思念，以及对未来美好人生的憧憬。

《校园诗情》一辑是我散文诗创作中不可或缺的一部分。一支粉笔，三尺讲坛，搭起人生大舞台的我，自然少不了要写一些校园散文诗作。"如此宁静、和谐、安详的校园，如一首首最精美的现代诗，虽吟咏在今朝今夕，却时时跨越了时空的距离，意象成一曲曲旷远幽深的唐宋小诗或词曲，让你不由得流连忘返，回眸再细细品尝一番。"(《春日的校园》）倘若你也有如此感受，不妨也深入一下如此安逸祥和的世界，再细细聆听那琅琅的书声吧。

《光阴如梭》一辑描写的是时间飞快地流逝，仅恍惚之间，童年就成了昨日的影像。并日日感叹"一半是山一半是水的童年，怎么就这么快消失了呢？"(《童年》）接着又是"朝湖作镜，面对青丝夹藏的缕缕白发"的中年了……

《自然景观》这辑描绘的是丰富的大千世界。从动物到植物；从朝霞到晚霞；从一年四季到星星月亮……"时间旋转季节的图案，太阳笔又在泥土上抒写种子的日记，那一声声破土的微响，擂起了一面面冬眠的蛙鼓。"(《旋转的季节》）自从有了人，就有了一切，万物总是生机勃勃的。

最后一辑是《爱情时节》，表达了对爱的无限眷恋，对情般切期待。"远山，远水，还有远方的你，已渐渐模糊……只有岸边的岩石，

仍一如既往地——默守我的坚贞！"（《江畔别情》）足见，童话里的
爱情令人神往，现实中的爱情童话，又何尝不让人陶醉呢？

　　于此书即将出版之际，我要感谢珍夫友的鼎力相助和支持，以及
所有文朋好友的鼓励和关照！

心远

2018年8月8日（农历戊戌年六月廿七日）

于福建省漳州市南靖县人民路141号湖美斋